KB129571

상처받지 않고 외롭지 않게,
아나운서 정용실의 유연한 대화생활

공감의 언어

정용실 지음

한겨레출판

책을 마무리하며 자신을 돌아봅니다. 불행한 사람들이 '행복'이라는 말에 끌리듯 저는 '공감'을 그리워하며 이 글을 써왔습니다. 각자 외로이 서 있는 타인의 모습을 보면서 외롭고 막막했던 순간들을 떠올렸습니다. 방송이라는 업(業)이 아니었다면 저도 어딘가에 굴을 파고 지냈을지도 모릅니다. 오로지 먹고 살기 위해 밖으로 나올 수밖에 없었고, 대화를 해야만 했으니까요. 그렇게 26여 년이 흘렀습니다.

직업으로 말을 하고, 취미이자 지유의 시간으로 글을 쓰는 저에게는 늘 의문점이 하나 있었습니다. 과연 '우리 삶에서 말은 무엇인가', '소통의 목적은 무엇인가' 그 해답을 찾고자 오랜 시간 많은 책을 읽으며 직접 경험한 소통의 순간들을 떠올렸습니다. 대화와 소통이 필요한 이유들을 하나하나 찾으며 제가 겪었던 경험들을 짝지어 글을 쓰기 시작했습니다. 짜릿했던 공감의 순간들을 떠올리는 것만으로도 충만했습니다. 단지 우리 삶처럼 왔다가 사라지는 것이라 매번 아쉽고 붙잡을 수도 없었지만 말입니다. 말과 소통은 우리 몸의 모든 감각을 동원하여 만나게 되는 순간의 결정체들이었습니다. 다른 건 다 사라져도 서로의 가슴에 남을 반짝이는 작은 별처럼요. 이들은 차차 관계라는 새로운 문으로 들어가게 인도해주었습니다. 외로운 우리를 하나로 만드는 마법 같은 선물이었습니다.

공감은 '나'라는 원과 '너'라는 원이 서서히 겹쳐지는 것입니다. 사랑도, 관계도 모두 먼저 주는 사람이 있어야 하듯이 공감도 먼저 주는 사람이 있어야 합니다. 공감은 상대의 이야기를 듣는 것에서부터 시작합니다. 자신을 바로 보고 솔직하게 상대와 마주할 때 깊은 대화를 나눌 수 있습니다. 마음속에서 일어나는 여러 감정과 목소리를 억압하거나 무시하지 않고 자존감을 지키며 해나갈 때 더 큰 의미로 다가올 것입니다.

어느 날 우연히 읽은 소설에서 '사람의 마음과 마음은 상처와 상처로 깊이 연결된 것이다'라는 문장을 만났습니다. 저는 책을 쓰는 내내 이 문장을 놓지 못했습니다. 이 문장에서 희망을 보았기 때문입니다. 진정한 공감과 소통은 우리가 살기 위해 붙잡는 따스한 손이라는 생각이 들었습니다. 공감으로 가는 길은 참으로 멀고 험할 것입니다. 소통보다는 이익이나 계산을 앞세워 나가는 사람들을 만나게 될지도 모르겠습니다. 그럼에도 불구하고 저는 그 길을 떠나려 합니다. 공감과 소통의 길 위에서 저의 손을 잡아주었던 사람들에 대한 기억을 붙들고 계속 걸어갈 생각입니다. 우리의 삶을 붙들어주는 소중한 것들이니까요.

여러분도 저와 함께 그 길을 떠나시겠어요? 이 책이 여러분과 제가 함께할 공감의 여정에 소중한 안내서가 되어줄 것입니다.

차
례

4부.   우리가 몰랐던 대화의 비밀

5부.   오늘이 삶에서 마지막인 것처럼 대화하라

1부

대화는
너와 내가
만들어가는
춤

방송 26년째. 오늘도 새로운 사람을 만난다. 아직도 설레고, 떨린다. 긴 방송 생활 동안 만난 사람들만 얼추 6만 명. 모든 사람과 깊은 대화를 나눈 건 아니지만 한두 마디라도 말을 나누었던 사람이 이렇게나 많다. 방송국은 타인 속에서 살아간다는 사실을 온몸으로 절절히 느끼게 하는 곳이다.

오늘도 나는 출연자와 인사를 나눈다. 차 한 잔을 앞에 놓고 방송 시작 전 잠시 마주 앉아 대화를 나눈다. 방송은 언제나 내가 낯선 사람들과 마치 오랜 친구처럼 자연스럽게 대화해주길 바란다. 처음 만나면 어색하고 쭈뼛거리는 게 정상이거늘. 이런 압박 때문이었을까. 방송 생활 내내 '타인과의 첫 대면'에 대해 많은 고민을 해왔다. 어떻게 해야 조금이라도 덜 어색하고, 어긋나지 않으며, 가능한 빨리 편안해질까. 만나는 사람의 표정, 몸짓, 습관, 기분, 말투, 말의 속도 등 어느 하나도 놓치지 않으려 촉을 세워보기도 했다. 마치 그 안에 작은 힌트라도 있다는 듯이.

그러던 어느 날, 내가 먼저 마음의 문을 열어야 한다는 걸 깨달았다. 타인이 아닌 내 자신에게 열쇠가 있음을 알게 되었다. 내가 먼저 마음을 열고, 내가 한 발 먼저 다가가고, 내가 먼저 말을 하고, 내가 먼저 상대의 마음을 이해하려고 노력해야 한다는 사실 말이다. 누구나 타인에게 가는 첫걸음은 그리 가볍지 않다. 그렇다고 마냥 두려워만 할 일도 아니다. 타인을 향한 첫걸음은 조심스럽게, 조금은 솔직하게, 은근 따스하게, 그러면서도 나답게 떼야 한다.

"나는 언제나 소통은 춤과 같다고 생각했다. 한 사람이 한 발짝 앞으로 내디디면 상대는 한 발짝 뒤로 물러선다. 댄스플로어에서 한 발짝만 잘못 디뎌도 두 사람이 함께 엉켜들 수 있다." *

절묘한 표현이다.

내 박자와 내 리듬에만 맞추어서는 두 사람의 멋진 호흡을 보여줄 수 없다. 내가 대화를 주도할 땐 상대가 한 발 물러서고, 상대가 하고 싶은 이야기를 펼칠 땐 내가 하고 싶은 말을 참아야 한다. 무엇보다 서로를 섬세하게 느끼면서, 그 사람의 박자에 내 박자를 맞추고, 그 사람의 호흡 하나까지 배려하면서 말해야 한다. 그렇지 않다면 바로 상대의 발을 밟듯, 말이 부딪히거나 침묵이 그 자리를 차지할 것이다.

우리는 대화를 흔히 하나의 기술, 테크닉 정도로 여긴다. 혼자 열심히 연습해서 내 리듬대로, 내 맘대로 표현하는 거라고 생각한다. 이건 대화를 잘못 이해하는 것이다. 대화는 궁극적인 목표가 바로 '너와 나, 우리의 관계'에 있다. 마주 보고 있는 당신과 나의 더 나은 관계를 위해 소통은 존재한다. 소통은 관계를 만들어야 할 '상대'가 반드시 있고, 그 둘을 연결하는 무엇이다.

스튜디오로 들어가면서 생각한다.
'오늘의 새로운 만남이 잘 시작되기를. 이것은 방송이 아닌 내 삶의 한순간이다. 당신과 내가 함께 만들어가는 춤이다. 나는 당신을 믿고 첫걸음을 뗄 것이다.
Shall we dance?'

• 오프라 윈프리, 《내가 확실히 아는 것들》, 북하우스, 2014, 79쪽.

"

첫 문을
여는
두려움

"모든 시작은 낯설다.
 낯선 것은 두렵다.
 낯선 환경과 일과,
 낯선 사람들과
 어울리는 일은
 누구에게나
 힘겨울 수밖에 없다."

김별아

"매일 하는 일이니 떨리지 않으시죠? 좋으시겠어요."

방송에 처음 출연하는 분들께 자주 듣는 말이다. 그런 말을 들을 때마다 스스로에게 묻게 된다.

'정말 안 떨리니?'

솔직히 새 프로그램을, 새로운 사람들과 할 때마다 '꽤 떨린다.' 겉보기와 달리 나는 속으로 낯도 가리는 편이다. 더 솔직히 말하자면, 방송인임에도 마음에서 우러나지 않는 말을 한마디도 못한다. 낯선 스튜디오, 낯선 사람, 낯선 대본을 들고 있자니 도저히 입이 안 떨어진다. 그래서 방송이 끝나고 나면 늘 패널들과 제작진을 붙잡는다. 제발 좀 더 친해지자고, 이런 서먹서먹한 상태로 또 다음 방송을 할 순 없다고.

방송 시작을 알리는 '큐' 사인이나 생방송 카메라에 '빨간불'이 들어오는 순간엔 숨이 탁 멎는 기분이 든다. 처음 사랑하는 사람의 손을 잡을 때, 첫 입맞춤의 순간처럼. 얼마나 떨리고 두려웠던가. 생전 처음이니 떨리는 게 자연스러운 거다. 처음이라 다음을 예상할 수 없다는 두려움이 존재하게 마련이다. 이런 마음을 너무 억누르려고 하지 말자. 감정은 억누르면 스프링처럼 더 뛸 뿐이다. 이 상황을 부정하면 할수록 더 떨릴 테니 떨고 있는 자신을 그냥 인정하는 수밖에.

'대화의 신'이라 불리는 래리 킹도 첫 방송에서는 한마디도 제대로 하지 못했다고 한다. 오프닝 음악이 아무리 흘러도 그의 목소리는 들리지 않았다. 그는 음악 볼륨을 약간씩 올렸다 내렸다 조정했을 뿐 입을 떼지도 못하고 있었다. 기다리던 총국장이 폭발했다. 그는 스튜디오 문을 박차고 들어와 크고 분명한 목소리로 소리쳤다. "이건 '말'로 하는 사업이야!" 그러고는 문을 쾅 닫고 나가버렸다. 그 순간 래리 킹은 정신이 번쩍 들었고, 마이크 앞으로 다가갔다.

"안녕하십니까…. 오늘은… 제… 방송… 첫날입니다… 그래서… 초조하다… 못해… 입안이 말라붙었습니다…. 그런데… 방금… 총국장이 문을 박차고 들어와… '이것은 말로 하는 사업이야!'라고 소리치네요."

청취자들에게 이실직고를 해버린 것이다. 대단하지 않은가! 자신만 아는 방송 뒤 상황을 다 말해버리다니. 방송 사고에 가까운 일을 첫 방송에서 저지르다니. 그런데 이 말을 내뱉고 나서 그는 첫 방송을 무사히 잘 마쳤다. 어쩌면 맘속에 있었던 팽팽한 긴장 감과 두려움이 고무줄 끊어지듯 끊어지니 오히려 속 시원하고 편 안했을지도 모른다.

첫 문을 여는 두려움. 이것은 누구에게나 있게 마련이다. 무대 위에서 수많은 여성을 홀렸던 전설적인 가수 엘비스 프레슬리도, 세계적인 슈퍼스타인 가수 보아도 무대 공포증을 호소한 바 있다. 이들이 두려움을 느낄 거라고 어느 누가 상상이나 할까.

래리 킹식 두려움 타개법을 살펴보자니 긴장되고 떨리는 첫 순 간을 솔직히 인정해버리는 것이 두려움을 이겨내는 가장 쉽고 좋 은 방법 같다. 두려움을 있는 그대로 받아들이는 것. "그래, 나… 떨고 있어"라고 솔직하게 말해보자. 그러면 편안해질 것이다. 솔 직하게 마음을 표현한다면 상대방도 당신을 이해할 것이다. 누구 나 처음엔 떨리는 법이니까.

나는 래리 킹처럼 시작하진 않았다. 대신 난생 처음 방송에 출연하기 위해 온 사람들에게 입버릇처럼 하는 말이 있다. 내 자신을 위한 다짐처럼 이 말을 하고, 또 한다.

"잘해야 한다는 생각은 하지 맙시다. 처음인데 10점이든 20점이든 상관없잖아요. 잘하려는 욕심을 내려놓자고요. 우리가 처음 하는데 잘하면 얼마나 잘하겠어요. 이판사판, 그냥 생긴 대로 해보자고요."

대화의 첫 문을 여는 두려움, 상대를 향한 설레는 첫 걸음, 그 두려움을 거부하거나 피하지 말고 냉큼 인정하고 받아들이자. 두려움은 실패를 두려워해서 생긴다. 애초에 기대치도 낮추자. 처음부터 잘하지 못하는 것은 당연하다. 실수도 할 수 있고, 못할 수도 있다고 생각하자. 이렇게 생각하다 보면, 도리어 더 멋진 결과가 당신을 기다리고 있을지도 모른다.

"
**호기심
어린
따뜻한
시선으로**

"사람이 온다는 건
　실은 어마어마한 일이다.
　그는 그의 과거와
　현재와
　그리고
　그의 미래와 함께
　오기 때문이다.
　한 사람의 일생이
　오기 때문이다."

정현종

18년의 방송국 생활을 뒤로 하고 2년간 미국에서 휴식의 시간을 보냈다. '방송'이라는 두 글자를 잊고 살았다. 평생 처음 아이를 학교에 데려다주기도 했고, 아침식사, 간식, 저녁까지 내 손으로 거두어봤다. 아이를 따라 동네 도서관, 기타를 가르쳐주는 동네 아트센터, 축구 클럽까지, 엄마로서 가야 할 곳들을 쫓아다니기도 했다.

　축구 클럽은 가장 많은 미국 학부모를 만날 수 있는 장소였다. 아빠들이 많이 오지만 주말엔 부부 동반에 형, 동생들까지 온 가족이 온다. 나는 이런 가족적인 분위기가 낯설었다. 한국이라면 아빠들은 주말에 운동을 가거나 집에서 쉬고, 엄마들만 운동장에 가득했을 텐데 말이다. 꾸준히 축구 클럽을 가다 보니, 미국인 엄마 한 명이 늘 구석에 서 있는 게 눈에 들어왔다. 다른 부부들과 달리 늘 혼자 같았다. 궁금함을 참지 못하고 아이에게 물어봤다.

"누구 엄마니?"

"엄마, 공격수로 뛰는 키 큰 애 알아?"

"알지."

"그 애 엄마야."

"아…. 그럼, 아빠는 누구니?"

"우리 팀 코치잖아!"

"아…."

"부모님이 어릴 때 이혼하셨대. 그래서 매번 아빠한테는 인사

만 하고 엄마랑 차타고 집으로 가."

아이 말을 듣고 나니 둘이 각자 아이를 챙기는 모습이 눈에 들어왔다. 아이가 아빠인 코치와 이야기를 나누는 동안 그녀는 먼발치에서 아이를 기다렸고, 아이가 곁으로 오면 웃으며 함께 차로 향했다. 그녀는 부부가 함께 온 가족과는 섞이질 않았다. 조용히 혼자 운동장 한 편에서 아이를 지켜볼 뿐이었다.

가족들이 소풍 오듯 커피와 도넛 등을 싸오는 모습, 남편이 부인을 위해 캠핑 의자를 펴주거나 부인이 남편 커피를 챙겨주는 모습, 경기장에서 아이가 뛰는 모습을 보며 큰 소리로 아이 팀을 응

원도 하고 웃고 떠드는 모습은 그녀의 모습과 무척 대조적이었다. 경기를 보러 와서 사람들과 한마디 말도 나누지 않고 허공만 바라보는 그녀의 쓸쓸한 표정, 아이가 전 남편과 대화를 하는 걸 보며 조용히 주차장으로 발길을 돌리는 그녀의 뒷모습이 매번 눈에 들어왔다. 경기가 끝나면, 다들 가족끼리 서로 인사하며 떠들썩하게 차를 타는 데 반해 아이와 한마디 말도 없이, 뒤도 안 돌아보고 차를 몰고 사라지던 그녀가 자꾸만 눈에 밟혔다. 그 후로 내 눈은 계속 그녀를 따라다녔다.

어느 청명했던 가을날, 그녀는 코트 자락을 날리며 미소로 아이를 응원하고 있었다. 나는 조심스럽게 그녀에게 다가갔다. 지금 공을 몰고 가는 아이가 당신 아이냐고 물어보면서. 그녀는 짧게 그렇다고 답했다. 우리 아이가 수비수라고 소개하며, 당신 아이 덕에 우리 팀이 많이 이겨서 기쁘고 감사하다는 인사를 했다. 그녀는 그제야 내게 어디서 왔냐고 물었고, 나는 한국에서 왔다고 말했다. 그날 그렇게 서로가 말문을 텄다.

그 후로 그녀와 나는 함께 팀을 응원하기도 했고, 내가 가져간 커피와 과자를 나눠 먹기도 했다. 그녀는 차차 내게 많은 이야기를 꺼내놓기 시작했다. 아이 이야기, 자기 이야기, 축구 이야기 등등 다 알아들을 수 없는 많은 이야기를 쏟아냈다. 마치 이야기할 누군가를 기다렸다는 듯이.

　1년 정도 시간이 흘렀고, 우리 아이는 학교를 옮겨야 했고, 축구 클럽 활동도 접어야 했다. 마지막 경기를 보러 가는 날, 나는 커피와 도넛을 한 가득 준비했다. 1년 동안 함께 응원하면서 모두가 한 가족처럼 느껴졌기 때문이었다. 그들은 아쉬운 마음으로 작별인사를 했다. 포옹과 악수가 이어졌다. 나는 그녀와도 아쉬움의 포옹을 나누었다. 그때 그녀는 내게 아이가 미국에서 대학을 가고 싶어 하거든 언제든 자기에게 보내라고, 대학 입학처에서 일하는 자신이 도움이 될 거라면서 내 손에 명함을 꼭 쥐어주는 게 아닌가. 미국이라는 타지에서 든든한 내 편을 하나 얻은 기분이 들어 콧등이 시큰해졌다. 미국에 와서 이런 따스함을 느껴보긴 처음이었다. 그녀가 정말 고마웠다.

　그제야 깨달았다. 그동안 그녀가 내게 쏟아놓은 것은 이야기만이 아니라는 것을. 그녀는 자신의 마음을 온전히 내놓은 거라는 사실을 말이다. 이렇게 한 사람이 내게 온다는 것은 실로 어마어마한 일이었다.

: 대화는
　너와 내가 만들어가는
　춤

래리 킹은 말했다. 훌륭한 대화의 기본은 상대에 대해 진지한 관심을 가지는 거라고. 그는 긴 세월 방송을 하면서 대화를 나누기 위해 무엇이 가장 중요한지를 정확히 보고 있었다. 대화란 단지 말을 나누는 것이 아니라 진정 마음을 나누는 거라는 걸 말이다. 마음을 나누려면, 먼저 따스한 시선으로 상대를 바라봐야 한다. 마음이 담긴 관심만이 진정한 대화로 가는 문을 열어주기 때문이다. 진정한 호기심은 바로 진정 한 사람에 대한 애정 어린 시선이다.

"
따스함으로
마주 잡은
손

"나의 모든 것이
갑자기 따뜻해졌고
가슴에 쿵 하고 와 닿았다.
몸 가운데가 이상하게
녹아드는 기분이 되어서
'흡' 하고 숨을 들이마시고
물끄러미 바라보는 것 외에는
아무것도 할 수 없었다."

다케우치 토시하루

인터뷰 프로그램을 진행할 때마다 상대의 아주 무겁고 두터운 갑옷을 벗기는 상상을 한다. 인터뷰는 내게 이런 것이다. 상대의 '마음의 문을 여는 일', 상대의 '두꺼운 갑옷을 벗기는 일'처럼 느껴진다. 처음 만난 상대와의 대화도 이렇지 않을까. 마음의 문이 열려야 대화가 시작되니 말이다.

　사람들은 저마다 문의 무게가 다르고, 옷의 두께가 다르다. 어떤 사람은 스스로 그 문을 활짝 열어주기도 하고, 어떤 사람은 안 열어줄 듯하다가 은근슬쩍 열어주기도 한다. 간혹 문이 무거울 뿐 아니라 철갑을 두른 듯 단단한 경우를 만나기도 한다. 그럴 땐 진땀이 난다. 문을 열려고 안간힘을 쓰지만 결국 허사였던 경우도 많았다. 사람의 마음의 문을 여는 일은 결코 쉬운 일이 아니다.

　동화 '해와 바람 이야기'를 기억하는가. 해와 바람이 남자의 외투를 누가 먼저 벗길 수 있는지 내기하는 이야기다. 바람은 세찬 바람 한 번이면 나그네의 외투가 멀리멀리 날아가버릴 테니 걱정 말라며 자신 있게 먼저 나섰다. 그러나 아무리 세찬 바람도 외투를 벗기지는 못했다. 바람이 세면 셀수록 남자가 더 단단히 외투를 여몄기 때문이다. 뒤이어 해가 나섰고, 따스한 햇볕을 내리쬐자 남자는 서서히 단추를 풀었고 마침내 스스로 외투를 벗어던졌다. 따스한 해가 세찬 바람을 이긴 것이다.

'따스한 것이 강한 것을 이긴다'는 간디의 말처럼 부드러운 방식이 한 사람을, 나아가 세상을 변화시킨다.

대화나 소통에도 이 방식은 적용된다. 한 방에, 강압적으로 사람의 마음을 열 길은 없다. 신입 아나운서 시절에는 여기까지 미처 생각하지 못해 이런 말로 방송을 준비한 적도 있었다.

"목소리는 크게 하시고요. 자세는 이렇게 하시면 안 됩니다. 대본 보지 마세요. 이쪽으로 고개를 돌리셔도 안 됩니다."

출연자들이 알아야 하는 금기사항을 하나하나 확인했다. 그러나 하지 말라면 더 하고 싶어지는 게 사람 심리. 주의를 줄수록 그 행동이 더 잦아지는 게 아닌가. 실수를 하지 않으려고 긴장한 사람들은 표정이 굳어버렸고, 말은 어눌해졌다. 결국 방송은 어색해지고 만다. 그 후론 이런 방식을 버릴 수밖에 없었다. 출연자들과 방송과 상관없는 잡담을 하며 편안한 기분을 만들고, 가족과 아이들 얘기 등 지극히 사적인 이야기를 하면서 방송을 준비했다. 그렇게 하다 보면 방송을 시작할 즈음엔 서로에 대해 더 알고 싶고, 대화하고 싶어진다. 분위기가 서서히 달아오른다. 이것이 바람의 방식이 아닌 해님 방식의 대화법이다.

이뿐이 아니다. 방송 전 가벼운 잡담을 하면서 출연자들을 잘 지켜본다. 어떤 사람이 어떤 얘기에 눈이 반짝이는지를. '하고 싶은 이야기'를 할 때 사람은 빛을 낸다. 눈에서 빛이 난다. 얼굴에서 광채가 난다. 햇볕을 쪼인 듯 달궈지기도 한다. 쉽게 달궈지는 이야기, 바로 불붙는 이야기가 마음의 문을 열게 하는 열쇠다. 이 이야기를 찾을 수만 있다면 그날의 대화는, 방송은 만사 오케이다.

잊지 말아야 할 것이 하나 있다. 상대의 '하고 싶은 이야기'가 무엇인지를 찾는 것은 시간이 좀 걸리는 일이다. 처음 만난 사이라면 말할 것도 없다. 빙글빙글 이 얘기 저 얘기 돌아다니다 찾으면 된다고 생각하자. 열쇠 더미 속에서 이 열쇠 저 열쇠 다 꽂아보다

제 열쇠를 찾듯이 말이다. 서둘면 절대로 열쇠를 찾을 수 없지 않은가.

어떤 사람은 '사람들 얘기'에, 어떤 사람은 '일 얘기', 또 다른 사람은 '음악 얘기', '옷 얘기'… 각자 눈이 반짝이는 자기만의 열쇠 이야기가 있기 마련이다. 소재를 다양하게 잡고 빙글빙글 돌아가며 이야기를 던져보자. 갑자기 지루해 하던 상대의 눈빛이 '반짝' 하는 순간이 온다. 그때가 마법의 열쇠를 찾은 순간이다!

이제부터 상대의 마음으로 들어가는 문은 서서히 열릴 것이다. 이제 그 이야기로 빠져 들어갈 준비만 하면 된다. 상대는 저절로 말을 이어갈 것이다. '말하고 싶은 마음'이 그 안에 가득할 테니까 말이다.

따스함, 이것은 대화의 시작뿐만 아니라 마지막 순간까지 가장 중요하다. 따뜻함은 사람 마음의 문을 여는 정도가 아니라, 사람의 중심부를 녹여내는 용광로라는 걸 잊어서는 안 된다. 우연히 타인의 말 속에서 이 '따스함'을 마주하고 나면 일본의 연출가 다케우치 토시하루의 말처럼 갑자기 온몸이 따스해지고 가슴에 쿵 하고 와 닿는 게 있다. 이 따스한 기분을 놓고 싶지 않을 만큼 말이다.

이런 기분을 소설을 읽다가도 가끔 만난다. 에밀 아자르의 《자기 앞의 생》은 한 사람의 따스한 한마디 말이 상대방 인생에 얼마나 지대한 영향을 줄 수 있는지를 느끼게 한다.

"한번은 식료품점 앞에서 진열대 위의 달걀을 하나 훔쳤다. 가게 주인이 여자인 곳에서 훔치기를 좋아했는데, 그 이유는 내 엄마도 틀림없이 여자일 것이기 때문이었다. 달걀을 집어 호주머니에 넣었다. 나는 사람들의 시선을 더 잘 끌 수 있도록 그녀가 내 뺨을 한 대 올려붙여줄 것을 기대하고 있었다.

그런데 그녀는 내 곁에 쭈그리고 앉더니 내 머리를 쓰다듬어주었다. 이런 말까지 했다.
"너 참 귀엽게 생겼구나!"

그녀는 일어서서 진열대로 가더니 달걀을 하나 더 집어서 내게 주었다. 그러고는 나에게 뽀뽀를 해주었다. 한순간 희망 비슷한 것을 맛보았다. 그때의 기분을 묘사하는 건 불가능하니 굳이 설명하진 않겠다. 오전 내내 그 가게 앞에 멍하니 서 있었다. 무엇을 기다리며 서 있었는지는 나도 모르겠다. 나는 손에 달걀을 쥔 채 거기에 서 있었다. 그때 내 나이 여섯 살쯤 이었고, 내 생이 모두 거기 달렸다고 생각했다. 겨우 달걀 하나뿐이었는데…. 그날 집에 돌아와서 온종일 배를 앓았다."•

• 에밀 아자르, 《자기 앞의 생》, 문학동네, 2003, 17〜18쪽.

: 대화는
  너와 내가 만들어가는
  춤

"

**대화는
삶이고
순간이다**

"어떤 하루도
　되풀이되지 않고
　서로 닮은 두 밤도 없다.
　같은 두 번의
　입맞춤도 없고
　하나같은
　두 눈 맞춤도 없다."

심보르스카

'말은 그 자리에서 바로 사라지고, 글은 남는다'고들 한다. 그래서 방송도 공중으로 날아가버린다고 표현하나 보다. 과연 그럴까? 내 눈에 보이지 않고 잡히지 않는다고 모든 게 사라진 걸까?

　그날 방송은 주부 우울증이 주제였다. 나도 주부 우울증을 겪었다. 아이를 낳고 힘들어서였는지, 호르몬 탓이었는지 몹시 우울했었다. 비슷한 이야기가 이어졌다. 신혼 초, 임신 전후, 폐경기 무렵 대부분 비슷한 걸 겪고, 비슷하게 지나간다. 이야기가 거의 끝나갈 무렵 갑자기 한 주부가 '나 할 말 있어요'라는 표정으로 두 눈을 동그랗게 뜨고 나를 쳐다보며 손을 들고 있지 않은가. 계획에 없던 일이기에 잠시 혼란스러웠다. '무슨 할 말이 있는 걸까? 방송에 나가도 될까?' 그럼에도 그 주부의 강력한 의지가 자석처럼 나를 끌어 그녀 곁으로 가게 했다.

　"이번엔 어떤 사연일까요? 말씀하시죠."

그녀에게 마이크를 넘겼다. 그녀는 살짝 떨고 있었다.

"계속 말을 할까 말까 망설였는데요…. 말을 못하면… 평생
후회할 거 같아서요…."
"한이 되면 안 되죠. 자, 편히 말씀해보세요."

그때부터 그녀는 한 달음에 가슴 안 깊숙이 묻어두었던 이야기
를 쭉 펼쳐내는 게 아닌가. 아주 꼭꼭 눌러놨던 가스가 뚜껑을 열
자마자 터져 나오듯이.

그녀는 활달하고 사랑스런 여인이었다. 젊은 나이에 사랑하는
남자와 결혼해 그의 집으로 들어가 살게 되었다. 그 집은 그녀가
살아온 집과는 영 판판이었다. 남편은 오래된 한옥에 그녀와 시
어머니를 남겨두고 늘 늦었다. 그녀는 남편이 빨리 와주길 목 빠
지게 기다렸다. 자연스레 저녁밥을 할 때마다 창밖을 내다보며 남
편이 오는지 계속 신경을 썼다. 그렇게 기다리기만 하다 보니 말
도, 웃음도 잃어버렸다. 그러던 어느 날, 창밖에 눈이 내리고 있었
다. 펑펑 내렸다. 오래된 한옥의 작은 부엌창과 방범 창살이 갑자
기 감옥처럼 다가왔다. 가슴이 답답해왔다. 어서 나가고 싶어졌

다. 이곳을 떠나고 싶어졌다. 그런 생각을 하며 서럽게 바라본 눈송이는 점점 커져만 갔다. 그녀의 눈물에 굴절된 눈송이는 엄청나게 커보였다. 그녀는 방으로 들어가 아무 종이에 몇 마디를 끄적였다.

'나는 요즘 무척 우울하고 답답하다. 살아갈 의욕조차 없다. 나는 원래 명랑하고 활달한 여자였는데…. 내 미소와 웃음을 다시 찾고 싶다.'

이야기가 끝나갈 무렵 그녀는 바지 주머니에서 그 메모지를 꺼내 읽으며 눈물을 쏟았고, 나를 비롯해 스튜디오를 채운 주부들도 같이 눈물을 삼켰다. 프로그램이 끝나기 전 용기 있게 자신의 이야기를 한 그녀에게 격려의 박수를 보내며 프로그램을 마쳤다.

방송은 '한순간'일지 모른다. 우리 삶처럼 그냥 지나가버리는 시간일지도 모른다. 그러나 그녀는 용기를 내어 방송 중 '한순간'을 잡았다. 방송에 나온 사람들이 다 자신과 같은 아픔과 고통을 겪었다는 데 마음을 열고 자신의 이야기를 선뜻 꺼내놓은 것이다. 어디에도 감히 내놓을 생각을 못했던 마음속 이야기를 말이다.

그녀는 그 순간 어느 누구보다 생생했다. 눈빛과 말투가 살아있었다. 그녀가 내뱉는 장면 하나하나는 눈앞에서 살아서 움직였다. 우리는 그 순간 그녀와 함께 하나가 되었다. 잠시 동안 그녀의 삶으로 들어갔다 온 것이다.

나는 이래서 방송을 사랑한다. 한순간 내 앞에 그녀와 가면을 벗고 마주하게 되는 짜릿한 경험을 하게 되니 말이다. 그 순간 그들의 마음속으로 들어가 깊은 아픔과 고뇌를 느끼게 되니, 그 순간 그들을 받아들이고 친구가 되려고 하니, 그 순간 느낀 서로의 진실한 마음을 간직하고 새기려고 하니 말이다. 이것이 방송이 가진 '현재성' 아닐까. '현재성'이란 방송이 가진 한계이기도 하지만, 결국 우리 삶의 모습이기도 하지 않은가. 우리는 언제나 현재를 살 뿐이고, 그것은 흘러 과거가 되고, 우리는 또 다른 현재를 맞이해야 하니 말이다.

한 사람과의 대화도 그렇다. 오늘이 그 사람과의 사이에 주어진 처음이자 마지막 시간, 다시 오지 않을 순간이다. 오늘 하고 싶은 얘기를 묻어두기만 한다면 어쩜 영영 이 얘기를 못할지도 모른다. 오늘 그의 이야기를 받아들이지 않는다면, 영원히 그를 이해하지 못할지도 모른다. 대화는 삶이고, 순간이고, 사랑이고, 우리의 현재다.

지금 와서 내 인생을 찬찬히 되돌아보니, 글보다 말이 삶에 더 큰 영향을 줬다는 생각이 든다. "너를 믿는다"는 엄마의 한마디 말이 흔들리는 나를 다잡아주었고, "사랑한다"는 남편의 한마디가 두려움 없이 결혼을 감행하게 했으며, "엄마"라는 아이의 외침이 지친 나를 다시 일으켜 세웠다. 내 인생에서 가슴 저미게 기억하는 말들은 방송에서 그들이 용기 내어 쏟아낸 말들이었다.

"

상대가
중요하다

"당신은
　함께 있으면
　깊은 공명을 느끼는
　최초의 여자였습니다."

앙드레 고르

'상대가 중요하다'는 제목만 보고, 대화 상대가 아니라 연애 상대를 떠올리지는 않았는가. 우리 대다수가 '연애 상대'를 고를 때에는 외모, 느낌, 분위기 등 따지는 것도, 생각하는 것도 많으면서 '대화 상대'에 대해서는 깊이 생각하지 않는다.

　대화 또한 아무하고나 잘 되는 건 아니다. 어떤 사람하고는 쉽게 깊은 대화로 이어지지만, 어떤 사람하고는 아무리 노력해도 이야기가 겉돌며 깊어지질 않는다. 또 어떤 사람과는 대화가 끊어지지 않고 술술 실타래 풀리듯 이어지는 반면 어떤 사람하고는 한마디만 하고 나면 툭툭 끊기기 일쑤다. 왜일까. 혹 연애 상대만큼이나 나에게 맞는 대화 상대도 따로 있는 게 아닐까.

　명사 인터뷰 프로그램을 진행할 때였다. 우리 팀은 늘 이런 고민에 빠져 있었다. '사람들이 다 아는 명사가 생각보다 많지 않으니 섭외가 정말 힘들구나…. 새 인물을 발굴하는 건 더 힘들고. 실제 유명인들은 대부분 타 방송, 예능 프로그램까지 출연해 아이, 부모 등등 사생활까지 다 보여줬는데, 새롭게 이야기할 게 더 있을까.'

그러던 어느 날, '대화란 상대에 따라 달라지는 게 아닐까? 다른 방송에서 다 이야기했다 하더라도 정말 그 사람이 가지고 있는 모든 이야기를 다 꺼낸 걸까? 우리가 다른 방송에선 들을 수 없는 그 사람의 가장 깊은, 가장 힘든, 가장 아픈 이야기를 꺼낼 수 있지 않을까? 그 사람을 깊이 이해하고 그걸 들어줄 마음만 있으면 가능하지 않을까?' 하는 터무니없는 생각이 스쳤고, 왠지 할 수 있을 것만 같았다.

내 자신을 믿어보기로 했다. 초대 손님을 연구하기 시작했다. 단순히 그들에 대한 자료를 열심히 독파했다는 얘기가 아니다. 정확하게 표현하자면, 그들을 제대로 느끼려고 노력했다. '내가 그라면 어땠을까' 하고 상상했다. 그들이 거쳐간 삶의 모습을 소설의 한 장면처럼 눈앞에 그리며 순간순간 그들이 느꼈을 감정을 느껴봤다. 그러다 보니 차 한 잔을 놓고 하루 종일 겨우 3~4페이지밖에 자료를 읽지 못할 때도 있었다. 마치 소설책을 정독하는 기분이었다. 그래서일까. 지금도 어떤 장면은 내가 겪은 일처럼 생생할 때가 있다.

천천히 자료를 완전히 음미하고 나면, 그 사람에게 꼭 물어보고 싶은 것이 생겼다. 그리고 그 사람을 표현하는 한 단어가 떠올랐다. 열정, 우울, 슬픔, 아쉬움 등 그 사람이 느낀 표면적인 감정이 아닌 깊은 실체가 서서히 떠올랐다. 이 감정을 잘 기억하며 방송에 임했다.

이렇게 많은 걸 생각하고 느낀 사람과 대화를 나누다 보면 초대 손님들은 자기도 모르게 마음의 빗장을 열고 슬쩍 그 안 깊숙한 부분을 내보여주었다. 상대를 믿지 않는다면 도저히 보여줄 수 없는 것을 말이다.

누구나 연약하고 취약한 부분을 솔직하게 꺼낸다는 것이 얼마나 어려운 일인지 너무나도 잘 알기에 그 사람의 입장에서 이야기를 풀어가고자 최대한 노력했다. 그리고 속내를 털어놓을 만큼 나를 믿어주는 초대 손님들에게 늘 감사했다. 내 인터뷰 프로그램은 그렇게 만들어졌다.

"좋은 연주를 하기 위해서는 그 음악을 들을 청중에 대해 알아야 하오. 마음속에서 전날 만났던 청중과 현재의 청중을 구별할 줄 알아야 하오. 당신이 밀워키에서 연주를 한다고 해봅시다. 밀워키의 청중은 무엇이 다른가, 어떤 점이 특별한가? 아무것도 생각나지 않는다면 생각날 때까지 붙잡고 있어야 한다오. 밀워키, 밀워키라고 말이오⋯. 그러면 그 청중은 당신이 아는 누군가가 되고 당신이 제대로 된 연주를 들려줄 수 있는 특별한 대상이 되는 거요. 이게 바로 내 비결이라오." *

앞서 한 말이 내가 타인에게 특별한 대화 상대가 되기 위한 방법이라면, 이 글은 타인을 특별한 대화 상대로 만드는 비결을 말하고 있다. 그 비결은 청중, 즉 타인에 대해 알아야 한다는 것이다.

발표, 프레젠테이션, 스피치, 대화 그 어느 것이라도 상대에 따라 달라져야 한다. 그들은 전날, 그 전날 만난 사람이 아니다. 어떤 방식으로 소통을 하더라도 가장 중요한 것은 '상대'다. 당신과 마주 보고 있는 사람, 그들을 제일 먼저 생각해봐야 한다. 여기에 모인 사람들은 어떤 사람들인가, 어떤 관심사를 가졌을까, 또 어떤 기분과 어떤 상황에 놓여 있는 걸까. 하나하나에 관심을 가지고 상상하고, 생각하고, 보고 느껴야 한다.

대화는 대화를 나누는 그 '사람들'에게 전적으로 달려 있다. 그래서 래리 킹은 이렇게 말했다.

"사람을 간파하라, 말은 그다음이다."

• 가즈오 이시구로, 《녹턴》, 민음사, 2010, 27쪽.

"
**상대의
상황과
감정을
먼저 살펴야**

"사소한 것에
  주의를 기울이다 보면
  신비롭고 놀라우며
  감동적인 세계가
  열린다."

헨리 밀러

여 남편이 이번 주 내내 늦는다. 처음엔 무슨 일이 있나 걱정을 했는데 그런 것 같지도 않다. 차츰 기분이 안 좋아진다. 도대체 집에서 애태우며 기다리는 내 생각은 하는 걸까, 어쩌면 이리 부인에 대한 배려가 없나 하는 생각에 갑자기 화가 치밀어 오른다. 오늘은. 기필코. 꼭. 한마디. 해야겠다.

남 친한 선배가 승진에 누락되어 넋두리를 들어주다 보니 며칠째 계속 술이다. 쉬고 싶은 생각뿐이다. 술을 마시고 싶어 마신 것도 아닌데 내가 뭐 그리 잘못한 게 있나. 암튼, 오늘은 부장님 퇴근만 하시면 부지런히 들어가 씻고 자야겠다.

퇴근하자마자 집으로 온 남편은 대문을 여는데 뭔가 싸늘한 기운이 느껴진다. 아내가 마루에 떡하니 앉아 기다리고 있는 게 아닌가.

여 "어서 와요. 오늘은 오랜만에 일찍 오셨네. 기다리고 있었어요. 얘기 좀 하자고요."

남편은 이 '이야기하자는 말'이 두렵다. 할 말은 많지만 무슨 말을 한들 부인이 이해해줄까? 화가 풀릴까? 게다가 그 선배는 부인에게 찍힌 사람이다. 그 선배 사정이라고 말하면 더 화가 날 수도 있다. 하는 수 없이 자리를 피해야겠다는 생각만 든다.

남 "잠깐만…. 옷 좀 갈아입고."

대충 둘러대고 옷 갈아입는 척하며 시간을 좀 벌어보려는데, 부인이 밖에서 목소리를 높인다.

여 "어휴~ 얘기 좀 하자는데 도대체 뭐 하는 거예요! 이리로 와서 좀 앉아봐요!"

그날 이들은 어떻게 되었을까? 말하나마나 조용히 넘어갔을 리 만무하다. 과연 이 부부는 싸움으로 이어지지 않고 대화로 풀 수 있을까?

이 대화의 여자 주인공은 바로 나다. 나는 늦은 저녁 곰곰이 자문해보았다.

'내가 과연 남편과 대화를 하고 싶었던 걸까….'

'아니, 솔직히 말해서 내 감정과 기분을 남편이 알아주길 원했던 거 아닐까.'

'남편은 어떤 사정이 있었고, 기분이 어땠을까?'

'솔직히 그땐 남편 사정을 잘 몰랐지. 하지만 쉬고 싶어 한다는 건 조금 느껴졌어.'

'근데 왜 몰아붙였어?'

'내 입장에 빠져 상대를 헤아리려고 하지 않았던 것 같아. 어느 것도 돌아볼 겨를이 없었어.'

'화내고 나니 기분이 풀려?'

'아니, 하루가 지나도 마음이 천근만근이야.'

'그럴 거면서 왜 그리 화를 냈어.'

'그러게 말이야.'

여기서 스스로에게 물어봐야 한다. 정말 대화를 원했다면, 내 입장과 기분보다 상대의 상황을, 상대의 감정을 들여다봐야 했다고. 상대의 말을 변명에 불과하다고 단정하고 들을 생각이 없었던 것은 아니었는지 솔직히 생각해봐야 한다.

　냉정하게 생각해보면, 이야기를 해야 할 날이 꼭 오늘, 이 순간 뿐만은 아니지 않은가. 설사 그날 꼭 이야기를 해야 한다 해도 남편이 잠시 쉬고 나서 조용히 대화를 시도해도 되지 않았을까. 이런 대화를 해야 할 상대가 타인이었다면 과연 이렇게 했을까. 아니, 최소한 따로 살아 서로의 입장을 더 생각해볼 시간만 가질 수 있었더라도 이런 식으로 대화가 이어지지는 않았을 것이다.

　대화와 소통이란, 그 어떤 힘든 상황에서도, 아무리 가까운 사이라 할지라도 상대의 상황과 감정을 보아야 한다. 상대를 제대로 보려 하지 않고 내 마음만을 알아달라고 하는 것은 응석이요, 투정이다. 대화에는 '상대'가 너무 중요하고, 그 '상대방의 상황과 감정'까지도 중요하기 때문이다. 상대가 너무 힘들어서, 많이 피곤해서 대화를 제대로 이어갈 수 없는 상태라면 다음 기회로 미루는 것이 마땅하지 않을까.

대화는 먼저 상대를 제대로 보는 일이다. 상대의 행동을 관찰하는 일이다. 그 행동에 드러난 마음을 잘 살피는 일이다. 우리는 상대의 마음속 상태를 면밀히 헤아려보아야 한다.

"
서로
거울을 보듯
마주 보고

"모방은
다른 사람이 겪는 것과
동일한 감정을
자기 내부에
불러일으키는 과정이며
다른 사람의 감정을
들여다볼 수 있는
창문과 같은 역할을 한다."

대처 켈트너

한 종편에서 사랑의 시그널을 맞춰보는 프로그램이 인기였다. 출연하는 젊은 남녀가 매력적이기도 했지만, '누가 누굴 좋아하는지'를 알고 싶어 늦은 밤 졸린 눈을 비비며 TV 앞을 지켰다. 청춘 남녀 사이의 사랑을 얻기 위한 다양한 모습이 흥미로웠다. '내가 저 사람이라면'이라는 가정이 나를 젊은 시절로 되돌려놓는 것 같았다. 한 회 한 회를 흥미롭게 지켜보던 중 한 커플의 데이트 장면이 눈에 들어왔다.

　연상의 여성과 연하의 남성 커플. 그날은 이 둘에게 첫 데이트였다. 카레이서인 남성은 노을을 바라보며 차를 몰아 산꼭대기에 있는 포장마차에 도착했다. 절경이었다. 포장마차는 남성이 평소 혼자 머리를 식히러 자주 오는 단골 가게였다. 자신만의 공간에 여성을 데리고 오는 것이 특별하게 느껴졌다. 남성도, 여성도 살짝 들뜬 표정이었다. 남성은 그곳 별미를 그녀에게 먹게 해주고 싶어 했다. 그때 포장마차 주인장은 귀한 고로쇠 물을 가져와 특별히 대접한다. 주인장의 극진한 배려까지 더해져 여성은 자신이 상대에게 특별한 존재라는 걸 확인한다. 두 사람의 데이트는 분위기가 점점 무르익어 간다.

주문한 음식이 나오기까지 두 사람은 대화를 이어간다. 서로의 마음을 확인하고 싶어 하는 기색이다. 소위 밀당이 시작된 것이다. 그러다 잠시 말이 끊어지고 어색해지면, 서로 마주 보며 같은 자세를 취하는 게 아닌가. 여성이 턱을 괴니, 남성이 자연스레 똑같이 턱을 괴었다. 테이블 아래를 보여주니, 두 사람은 다리를 꼬고 앞발을 살살 흔들어댔다. 두 사람은 마치 거울에 비친 모습 같았다. 이때 전문가는 이런 행동은 완벽한 '미러링 효과'를 보여주는 것이라고 말했다. 호감 가는 상대의 행동을 무의식적으로 따라 하는 것이 '미러링'이며, 연인 사이에서 자주 볼 수 있는 행동이란다. 호감 가는 상대를 자기도 모르게 따라하는 것. 좋아하는 감정은 숨길 수 없이 몸을 통해 무의식적으로 드러난다. 이 두 사람은 연인 같다는 느낌이 확연히 들었다. 그 후로 이 방송에서 커플들이 데이트를 하거나 같이 앉아 있을 때, 비슷한 몸짓을 하는 것을 자주 목격했다.

가만히 떠올려보니 내게도 이런 기억이 있었다. 제일 먼저 떠오르는 것은 아이를 키울 때였다. 아이는 엄마가 물을 마시면 자기도 달라고 하고, 엄마가 누우면 자기도 눕고, 엄마가 밥을 먹으면 자기도 먹겠다며 상으로 온다. 내가 웃으면 아이도 웃고, 내가 울면 아이도 운다. 이유도 모르면서. 아이는 어느 정도 클 때까지 그렇게 나를 따라다니고, 따라했다.

다음으로 떠오르는 것은 초등학교 친구들이다. 3총사, 4총사, 5총사 무리를 지어 다녔는데, 무척이나 서로서로 하나가 되고 싶어 했다. 그때 우리는 말투나 행동이 모두 똑같았다. 무슨 이유에서였는지는 모르겠지만 유난히 서로 닮고 싶어 했던 마음이 강했다. 친한 친구가 되는 과정이었던 것 같다.

연애 시절 얘기를 빼놓을 순 없다. 남편은 말할 때 특이한 손버릇이 있다. 말을 하면서 손가락을 서로 꼬는 버릇이다. 서로 사랑에 빠졌을 때, 한없이 그 모습을 쳐다보면서 얼마나 사랑스러워했던가. 나도 모르게 그의 손버릇을 따라 하기도 했었다.

"그 순간 그가 무슨 생각을 하고 있는지 알고 싶으면, 마치 표정을 일치시키는 것이 목적인 것처럼, 가능한 한 정확하게 그의 표정을 따라 내 얼굴 표정을 만들어낸 다음 내 마음이나 가슴에서 어떤 생각이나 감상이 일어나는지 기다린다." *

애드가 앨런 포의 단편 《도둑맞은 편지》의 내용이다. 그는 마치 심리학자나 뇌 과학자처럼 이 글을 쓰고 있다. 그것도 한 세기 전에 말이다. 예술가의 관찰력과 직관은 놀랍다. 학계 이론보다 최소한 100년은 앞서 있는 셈이지 않은가.

우리가 타인의 표정을 따라하는 행위의 의미는 그 사람의 생각이나 감정을 이해하기 위해 하는 행동이다. 인간은 표정을 따라하면서 자신이 겪어보지 못한 타인의 생각이나 감정을 알게 된다. 그동안 타인은 가슴으로만 이해한다고 생각해 왔는데, 예상 밖으로 마음이 몸에 묶여 비로소 타인을 이해하게 된다는 사실을 알게 되었다. 그의 행동과 표정을 거울처럼 모방하니, 그의 마음을 알겠다는 말이다.

우리는 오늘도 대화를 하기 위해 서로 마주 바라본다.
대화를 하는 그의 표정을 자세히 들여다본다.

어느덧 그와 같은 표정을 지은 채, 거울처럼 앉아 있다.

어느새 같은 감정을 느끼면서 말이다.

우리는 닮아 있다.

닮았다는 것은 서로가 좋아하는 사람으로 가는 길이 아닐까.

사랑이 우리를 진정 이해하는 길로 안내할 것이다.

• 애드가 앨런 포, 《도둑맞은 편지》, 민음사, 2013.

2부

당신 이야기에
귀 기울이고
있어요

"우리는 사실 대부분 타인의 이야기를 잘 듣고 있지 않다."

나도 방송이라는 업(業)을 가지기 전에는 이 사실을 미처 깨닫지 못했다. 그마저도 방송을 한 지 거의 10년이 다 되었던 어느 날 알게 된 사실이다. 물론 방송은 실제 상황보다 훨씬 더 많은 변수가 상대의 이야기에 몰입할 수 없도록 방해한다. FD(플로어 디렉터)나 작가의 사인, 카메라 불빛, 대본, 프로듀서의 지시 등등…. 그래서 시청자들은 간혹 다 얘기한 것을 다시 물어보는 어리석은 진행자를 보곤 한다. 다른 데 정신이 팔려 상대의 이야기를 듣지 못한 채 대본에 따라 질문한 탓이다. 그럴 때마다 출연자는 기분이 어지간히 상한다.

'아니, 지금까지 한 내 얘기를 안 듣고 있었던 거야?'

이런 상황이 현실엔 없을까?

있다. 자세히 보면 많다. 내 얘길 건성으로 듣고 있는 남편, 지나가는 여자를 쳐다보느라 이야기에 몰입하지 못하는 애인, 스마트폰에 답하느라 이야기를 듣는 둥 마는 둥 하는 자녀와 친구들….

이야기를 '듣는 것'을 그저 귀를 열기만 하는 수동적인 행위로만 생각한다면 큰 오산이다. '듣기'는 수동적인 행위가 아니다. 도리어 능동적인 행위다. 잘 듣겠다는 '의지'를 가지고 '이야기의 내용과 감정' 모두를 들어야 하기 때문이다.

방송 현장에서 '1:1 인터뷰 프로그램'을 진행해보니, 쉬지 않고 대본을 읽어가야 하는 '내레이션'이나 시간 전부를 대화로 이끌어가야 하는 '라디오 프로그램'보다 훨씬 힘들었다. 시간이 지나면 좋아지겠지 생각했지만 그건 오산이었다. 두 시간여의 다른 방송보다 더 힘들고 많이 지쳤다. '듣기'가 '말하기'보다 훨씬 에너지 소모가 많은 행위라는 생각이 들었다.

당신은 누군가의 고민을 들어준 적이 있는가? 고통스러운 일을 당한 사람의 이야기를 같이 울며 들어본 적이 있는가? 그 사람의 마음을 헤아리며, 그 사람의 상황이 되어, 그 사람의 감정 하나하나를 느끼며 이야기를 들으려면, 의자에 몸을 느긋하게 기대고는 도저히 들을 수 없다. 말하는 사람에게 몸을 기울여, 귀도 쫑긋, 한시도 그 사람에게서 눈을 떼지 않고 그 사람의 얘기를 들어야 한다. 게다가 그 사람의 슬픔이나 고통 같은 감정까지 공감하면서 이야기를 듣다 보면 어느덧 내몸도 아파온다. 마치 나도 비슷한 아픔과 고통을 겪은 것처럼 말이다. 그만큼 제대로 듣는다는 건 많은 에너지가 필요한 정성스런 행위다.

뒤집어 생각해보면, 사람들은 에너지를 불필요하게 소모하지 않으려고 본능적으로 건성으로 상대의 얘기를 듣는다는 말이기도 하다. 자신이 힘들지 않을 만큼만

들으려는 자기보호 기제라고도 할 수 있겠다. 그러니 대부분의 상황에선 다른 사람의 얘기를 수동적으로 듣게 될 수밖에 없다.

제대로 된 대화를 위해선 자신을 먼저 제대로 알아야 한다. 잘 듣고 있지도 않으면서, 잘 듣고 있다고 착각해서는 안 된다. 제대로 들으려면, 무엇보다 '의지와 노력'이 필요하다. 지금부터 오직 대화하는 그 한 사람만을 바라보며, 그 사람의 말에만 귀 기울이려고 노력해보자.

"

듣기를
방해하는
오만과 편견

"모든 행위와
생각, 감정은
의도에 의해
생겨난다."

게리 주커브

제인 오스틴의 소설 《오만과 편견》을 보면 흥미로운 캐릭터를 지닌 두 사람이 등장한다. 청년 다아시와 아가씨 엘리자베스.

　다아시는 집안이 좋은 데다 멋지고 훤칠한 몸매, 잘생긴 이목구비, 고상한 태도로 나타나자마자 많은 사람의 이목을 끌며 젊은 여성들의 가슴을 설레게 했다. 그러나 그의 입에서 나오는 말은 들을 때마다 사람들의 얼굴을 찌푸리게 했다. 그는 후에 사랑하게 되는 엘리자베스에 대해서도 초면에 이렇게 말했을 정도다.

　　"그럭저럭 봐 줄만은 하네. 그렇지만 구미가 동할 만큼 예쁘지는 않아. 난 지금 다른 남자들이 거들떠보지 않는 여자들을 우쭐하게 해줄 기분이 아니네."

　이쁜만이 아니었다. 무도회에 와서도 춤추는 걸 싫어하고, 카드놀이나 하며 노는 것을 한심하게 생각하며 책을 펼치는 사람. 교양 있는 여성이 갖추어야 할 요건으로 음악, 노래, 춤, 그림, 몇 가지 외국어, 걸음걸이, 목소리, 말하는 태도와 표현의 품위까지 따지지 않는 게 없는 까다로운 사람이었다. 그래서 사람들은 그를 거만하고, 남들을 무시한다고 여기며 점점 싫어하게 되었다. 그를 한마디로 '오만'이라고 불렀다. 오만이란, 이 소설에 따르자면, 자기 스스로를 남과 다르게 높이 평가하는 것이다.

이번엔 '오만한 사람'이 사랑한 사람, 엘리자베스를 살펴보자. 그녀는 관찰력이 예리하고, 성격도 깐깐한 데다, 누구의 설득에도 자신의 판단을 쉽게 바꾸지 않는 고집이 있었다. 그녀는 만나는 사람들 하나하나를 빠르게 분석하면서 그 판단에 맞춰 행동했다. 다아시에 대해서도 분석은 일찌감치 끝났다. 그는 오만한 사람이며, 자신을 춤 파트너가 될 만한 아름다운 여성으로 보지 않고 있다고 단정했다. 다아시가 그녀에게 서서히 관심을 갖게 되면서 자신과의 대화에 귀를 기울여도 이렇게 생각할 정도였다.

"계속 그러면 무슨 수작인지 내가 알고 있다는 걸 분명히 해 주겠어. 워낙 빈정대는 눈초리라서 내가 먼저 선수 치지 않으면 곧 그를 겁내게 될 거야."

다아시를 안 좋은 사람이라고 정해놨으니, 그녀를 향해 싹튼 애정을 제대로 볼 리 없었다. 안타까운 일이었다. 다아시는 엘리자베스의 '편견'을 뛰어넘어 자신의 마음을 전할 수 있을까.

정리하자면, 다아시는 '오만함'으로 다른 사람이 자신을 사랑하지 못하게 '거리'를 두고, 엘리자베스는 '편견'이라는 '안경'을 끼고 다른 사람을 사랑하는 마음으로 바라보지 못했다. 둘은 각자의 문제를 뛰어넘기 전에는 사랑이 이루어지기 어려워 보였다. 두 사람이 가까워지기 시작한 어느 날, 서로의 문제를 인정하며 이런 대화를 나눈다.

엘리자베스는 다아시에게 말했다.

"당신의 결점은 모든 사람을 싫어하는 경향이죠."

그가 미소를 지으며 말했다.

"당신의 결점은 남의 말을 일부러 곡해해서 듣는 것이고요."

오만과 편견. 상대의 이야기를 '제대로 듣기' 위해서 반드시 점검해야 할 두 가지 태도다.

'오만'이라는 마음의 상태는 자신을 타인 위에 두고 있으며, 다른 사람들에게 애정이 없기에 상대의 이야기를 듣는 것 자체가 어렵다. 진정한 소통은 항상 같은 높이에 서 있어야만 이루어지는 것이기 때문이다. 너와 내가 마주 보고 눈을 맞추어야 대화가 된다는 말이다. 자신이 높이 서 있다고 생각하는 사람은 반드시 아래로 내려와야 한다. 그래야 그때부터 소통은 시작되고, 귀는 열린다. 리더가 새겨들어야 할 대목이다.

'편견'은 '마음의 색안경' 같은 거다. 혹자는 '프리즘'이라고 표현한다. 상대와 소통해보기도 전에 이미 무엇인가가 형성되어 있기 때문에 타인이 어떤 말을 해도 자신의 색안경을 통해 보이고, 자신의 프리즘을 통해 굴절되어 왜곡되어 보일 것이다. 진심과 다르게 해석되기 십상이다. 상대가 자기를 더 설명해보려 노력하면 할수록 더 오해만 깊어질 뿐이다.

《오만과 편견》이라는 책이 끌렸던 이유는 '소통이라는 관점'에서

다. 이 책은 듣기를 방해하는 마음 두 가지를 정확하게 짚어냈다. 나에게는 '듣기를 방해하는 요소'를 이야기 속에서 들여다보게 하는 책이었다.

> "어느 듣기나 모두 마음과 관련되어 있다. 미워서 못 듣고, 싫어서 못 듣고, 불쾌해서 못 듣고, 시간이 없어서 못 듣고, 편견을 가지고 있어서 못 듣고, 게을러 못 듣고, 마땅치 않아 못 듣는다."＊

솔직히 누구나 마음의 문제로 상대의 이야기를 듣지 못한다. 사실 남편과의 대화, 아이와의 대화의 문제도 모두 내 마음에서 비롯된 것이었다. 남편이 며칠씩 연달아 늦으면 그 어떤 얘기도 변명으로 들렸다. 미워서 듣기 싫었다. 아이가 오랜 시간 컴퓨터를 사용한 이유를 설명하고자 하면 나는 컴퓨터 앞에 오래 앉아 있는 것 자체가 마땅치 않아 듣기가 싫었다. 한마디로 듣고 싶지 않았던 것이다.

되돌아보면 결국 듣고 싶지 않은 내 마음이 문제였다. 방송도 마찬가지였다. 출연자의 말이 내 생각과 많이 다르다는 걸 알게

＊ 당신 이야기에
  귀 기울이고
  있어요

되면, 왠지 모르게 편견이 생겨 듣기가 힘들었다. 색안경처럼 노랑색 편견을 가지면 그 사람의 말 전체가 노랗게 보였고, 푸른색 편견을 가지면 그의 말이 통째로 푸르게 느껴졌다. 그가 어떻게 말을 해도 한 가지 소리로 들렸다. 어느 순간엔 내가 진한 색안경을 썼다는 사실조차 잊어버린 채 상대를 비난하기도 했다.

듣기는 '마음의 문제'로 어려움에 처하기도 한다. 오만과 편견, 미움, 싫음, 불쾌함, 편견, 분주함, 게으름, 못마땅함…. 이런 마음의 문제를 개선하려는 노력이 필요하다. 더 나은 인간이 되고자 하는 노력 없이는 '듣기'가 되지 않는다. 그렇다면 '듣기'를 제대로 하기 위해 인격 수양을 하라는 말인가.

그렇다. 듣기는 산 넘어 산이 있는 격. 오르고 또 올라가야 하는 길이다.

• 서정록, 《잃어버린 지혜, 듣기》, 샘터, 2007, 8쪽.

"

진심을 다해
듣는다는 것

"귀로만 듣지 말고
　온몸으로,
　당신의 위장, 심장,
　머리카락으로 들어라."

나탈리 골드버그

오늘은 무용계의 대가를 만나는 날. 그녀는 방송에서도 자주 접하는 유명인이었다. 독특한 의상, 헤어스타일까지 모든 면에서 주목을 끌었고, 나 또한 그녀를 눈여겨봐왔다. 창의적인 사람일 거라는 생각이 들었다. 물론 그녀의 공연도 기대만큼 새롭고 재미있어 인기가 많았다.

　그녀와의 만남을 기대하며 대기실에 앉아 있는데, 그녀가 도착했단다. 버선발로 뛰어나가듯 달려나갔다. 그녀는 유쾌한 사람이었다. 장난기 많은 어린 소녀 같기도 했다. 하지만 대본을 가져다주며 방송에 대해 설명하려고 하니 표정이 시큰둥한 듯 느껴진다. 기대가 커서일까… 잠시 마음을 돌린다.

　"차 한 잔 드시겠어요? 무엇으로 드릴까요?"
　"아무거나 주세요."

차를 주문하러 가는 발걸음이 무거웠다. '왜 그럴까. 내가 맘에 안 드는 걸까…' 오만가지 생각이 들었다. 복잡한 심사로 차를 들고 돌아와 안색을 살피니 마찬가지다. 같이 온 사람들과는 즐겁게 이야기를 하면서도 방송 이야기를 하는 건 꺼리는 기색이 역력했다. 이런 경험은 처음이라 잠시 고민하고는 이렇게 말했다.

"대본을 보고 계시면 녹화 들어가기 전에 모시러 올게요."

매달리며 붙잡으려 하면 더 멀리 떠나고 싶은 게 사람 마음이니까. 무심한 듯 서로 잠시 거리를 두는 것도 나쁘지 않겠다는 생각이었다. 혹시 내가 모르는 이유가 있나 싶어 작가를 찾았다. 생방송까지 시간은 많지 않았고, 그 전에 이유를 알아야 대처할 수 있지 않을까. 작가는 잘 모르겠다고 한다. 그분이 원래 그런 것 같다고. 방송을 대충 준비하고도 잘하는 사람이란다. 내가 예민한 건가 싶었다. 하지만 분. 명. 뭔가 걸리는 게 있었다.

'왜 그럴까…' 짧은 시간 동안 집요하게 생각했다. 방송에 관한 깊은 얘기를 꺼리는 기색, 다소 귀찮아하는 뉘앙스, 그때 번쩍 이런 생각이 스쳤다. 방송인들이 혹시 자신의 예술 세계에 대해 전혀 이해하지 못하거나 관심조차 없다고 생각하는 건 아닐까? 나는 그녀의 예술 세계를 제대로 이해하고 있나, 걱정이 커졌다. 마지막으로 혼자 있는 이 시간. 좀 더 그녀에 대한 자료를 챙겨보며 준비를 마치고, 그녀와 함께 스튜디오로 들어갔다. 이제 우리 둘은 서로 마주 앉았다.

숨을 깊이 들이쉬었다. 속으로 생각했다. '집중해서 이야기를 듣고 그녀를 진정으로 이해하도록 최선을 다해보자. 하나도 놓쳐서는 안 된다.' 각오를 다지며 질문을 던졌다. 예상했던 대로 그녀는 건성건성 대답한다. 나는 아예 대본을 손에서 내려놨다. '방송에서 원하는 대로 되지 않아도 좋다, 나는 그녀와 진짜 대화를 해보련다.' 먼저 그녀에게서 한순간도 눈을 떼지 않았다. 이야기에 초집중하려면 다른 것에 눈길 한 번 돌릴 틈도 없으니까. 그리고 모든 감각을 듣는 데 사용했다. 말뿐만 아니라 그녀의 숨소리, 침 삼키는 소리, 정지된 순간까지도 놓쳐서는 안 된다. 눈으로 그녀의 표정 하나하나를 읽고, 그녀의 이야기를 머릿속으로 상상하며 만져보고 느껴보려 했다.

"저에겐 무용을 통해 누군가를 행복하게 해주고 싶은 욕망이

있어요. 이를테면 전 배가 고프다가도 옆집에 더 배고픈 사람
이 밥 한 술을 뜨는 걸 보면 마냥 행복해지거든요. 이런 거죠.
개인의 안위와 영화보다 타인의 행복을 위해 하는 일이 전 더
좋아요."

드디어 그녀는 자신이 왜 무용을 하는지를 자세하게 묘사하기
시작했다. 타인의 행복을 바라보는 게 좋아서. 그녀의 무용을 보
면서 좋아하는 관객들을 보면 밥을 굶어도 하나도 배고프지 않았
다. 그래서 배고프고 힘든 무용의 길을 마다하지 않았던 것이다.
그녀가 어떤 사람인지 그려지기 시작하더니 느껴지는 듯했다.

"예술이란 게 잔소리하고, 듣기 싫은 소리 하는 거예요. 예술
이라는 장르가 가진 장점도 이런 어려운 이야기를 할 수 있다
는 겁니다. 그러나 사람들은 점점 피곤한 얘기를 듣고 싶어 하
지 않는다는 게 문제지요. 거짓으로 굴러가는 세상에서도 거
짓을 말하지 않는 것, 남을 속이지 않는 것, 그것이 예술입니
다. 그러다 보니 소외되고 외로워질 수밖에 없지요."

그녀의 속내를 들으면 들을수록 예술가의 길이 얼마나 험난하

고 외로운지 상상할 수 있었다. 모두가 거짓을 말하고 있는데 혼자 거짓이 아닌 진실을 이야기해야 한다는 것이 얼마나 용기가 필요한 일인지, 때론 막막하고 두려울 것 같았다.

순간 그녀가 그동안 참 힘들었겠다는 생각이 들었다. 누가 그녀를 제대로 이해할 수 있을까. 마치 끝없는 사막을 걷고 있는 기분이 들 것도 같다. 그래서 그녀는 어느 누구도 자신의 심정을 알 수 없다고 생각했던 것 같다.

나는 그녀가 느낀 감정에 빠져들었고, 시간은 스치듯 지나갔다. 어느덧 방송이 끝나고, 내 몸은 땀에 흥건히 젖어 있었다. 온몸과 마음으로 그녀의 이야기를 듣고 있었던 것이다. 나는 그녀의 이야기에서 서서히 빠져나왔다.

스튜디오를 나오면서 그녀에게 내 진심을 전하고 싶었다.

"방송에서 당신의 예술 세계에 대해 솔직하게 얘기해주시니
    너무 좋았어요."

그녀는 미소를 띠고 내게 이렇게 답했다.

"방송에서 당신처럼 내 말을 열심히 들어주는 사람은 없었어
요. 호호호."

나는 그녀의 말을 들으면서 놀랐다. 진심을 다해서 열심히 들은
것이 그녀의 마음을 열었다니. 난 그녀를 만난 후로 어떤 사람의
얘기도 열심히 들을 수밖에 없게 되었다.

듣기란 섬세한 작업이다. 말 안에 많은 것이 포함되어 있기 때
문이다. 대화 내용만이 아니라 말을 하는 사람의 눈빛, 숨소리, 손
짓, 목소리… 나아가 세세한 감정까지도 다 포함되어 있으니. 머
리로 내용을 간파하고, 눈으로 그 사람의 눈빛을, 귀로 숨소리와
목소리를, 코로 그 사람의 체취를, 손으로 그 사람의 체온을 느껴
야 한다. 이 모든 것에 관심을 가지고, 이 모든 것에 주의를 기울
이며 들어야 한다.

사랑하는 사람이 생겨 오늘 그 사람과 단 둘이 조용한 자리를
마련했다면, 눈과 귀, 가슴, 머리… 그 모든 것을 그 한 사람에게
만 집중해보자. 스마트폰도, 마음속 번민도, 고민도, 미래에 대한
걱정도 잠시 꺼두고 말이다. 내 마음속 조명은 오직 당신을 향해

켜져 있다는 것을 느끼게 해주면서 들어보자. 오직 당신의 이야기만을 듣겠다는 진심만을 켜놓은 채.

"
누구나
인정받기를
원한다

"우리는 모두
누군가가 우리를 사랑하고
필요로 하고 이해하고
인정해주기를
마음속 깊은 곳에서부터
갈망한다."

오프라 윈프리

그녀는 남다른 데가 있었다. 사물을 보는 방식, 사람을 보는 방식 모두. 그녀는 우리 몸의 회복력, 자연의 힘을 믿는 사람이었다. 그래서 독학으로 약초를 공부하며 사람들을 치유하는 방법을 연구하고 있었다.

그녀와 차를 마시다가 우연히 가족 이야기를 듣게 되었다. 그들은 가치관과 생각이 너무도 다른 사람들이었다. 그녀만 미운오리 새끼 같은 존재였다. 전혀 다른 부류의 사람들이 한 가족으로 살게 되는 경우가 종종 있다. 서로 너무 다르니 이해하기가 어렵다. 이해하기 어려우니 쉽게 미워하게 되고, 때론 부딪히거나 괴롭히기도 한다. 가까운 관계이기에 피할 수도, 끊을 수도 없다. 매일 만나고, 부딪히고, 생활해야 하는 가족. 그들에게 이해받지 못한다는 것은 참 쓸쓸한 일이다. 이렇게 어렵고 힘든 관계가 있다.

이런 이야기를 나눈 지 한참 후 그녀에게서 연락이 왔다. 반가

웠다. 뜬금없이 선물을 하나 하고 싶단다. 부담스럽다는 생각이
들어 잠시 머뭇거리자, 그녀가 이렇게 말하는 게 아닌가.

"그냥 받아주세요. 이건 부담을 드리려는 게 아니라 사랑이에
요. 사람과 사람 사이의 마음이라고요. 제 인생에 그렇게 한
순간 집중해서 진심으로 저를 걱정해준 분은 처음이에요."

순간 말을 잇지 못했다. 난 단지 그녀 이야기에 귀 기울인 것뿐
이었는데, 한 사람의 이야기에 귀를 기울인다는 것은 단순한 행위
가 아니구나···. 그녀라는 존재를 받아준 것이고, 그녀를 진심으로
걱정해준 것이고, 그럼으로써 그녀의 삶을 인정한 것이고, 결국
그녀를 사랑한 것이 되는구나.

우리는 상대에게 의미 있는 존재가 되고 싶어 하며 살아가고 있
는지도 모른다. 단 한 사람이라도 내 말에 귀 기울여줄 때, 우리는
자신의 존재를 확인하면서 하루하루를 버티고 있는지도 모른다.
그래서 심리학자이자 정신분석가인 마이클 니콜스는 "경청은 인
간의 가치를 강화시켜주고, 소중한 존재가 되고 싶은 인간의 근원
적 욕구를 충족시켜준다"고 했나 보다.

아이를 키울 때를 떠올려보니, 우리의 언어는 때론 '다른 사람을 향한 구조 요청'이라는 생각이 든다. 아이는 엄마에게 나를 봐달라고, 안아달라고, 우유를 달라고, 재워달라고 울음을 터뜨린다. 걷다가 쿵 하고 넘어져도 운다. 넘어졌으니 봐달라는 거다. 그럼, 엄마가 "우리 아가, 아프지…. 어이구, 그래도 씩씩하게 일어나야지"라는 한마디를 내뱉자마자 아이는 찔끔 흘린 눈물을 거두며 다시 걸음마를 시작하지 않았던가.

커서도 마찬가지다. 아내가 남편과 자식에게 불평하는 것도 다 내 상황에 대한 이해와 인정을 바라는 마음에서다. 어쩌면 몸이 시름시름 아픈 것도 나를 봐달라는 구조 요청일 때가 많다.

유아 심리학자인 대니얼 스턴은 '이해받기를 바라는 욕구'가 '음식'과 '주거지' 다음으로 중요한 욕구라며 순위를 매겼다. 생존을 위한 동물적 본능을 빼곤 가장 높은 순위가 '이해받기를 바라는 욕구'인 셈이다. 심리학자 윌리엄 제임스도 인간 본성의 가장 근본적인 원리를 '인정받고자 하는 욕구'라고 규정했다. 이해에서 한 발더 나아간 인정의 욕구. '인정받음'은 내 존재를 받아주었다는 뜻, 다시 말해 내 존재를 긍정하는 것이다. 그러니 인간이 가장 갈구

하는 근본적인 것이 될 수밖에. 미국의 심리분석가 해리 스택 설리번도 의견을 덧붙인다. 인정받지 못한 경험은 '비아(非我)'라고 표현할 수 있는 '부인된 자아'의 일부가 된다고. 인간은 자신의 존재가 타인에게 받아들여지지 않고 거부될 때 자신을 부정하게 된다고. 이렇게 우리는 누구나 소중한 존재가 되고픈 근원적인 욕구를 갖고 있다.

우리는 부모-자식 관계에서도 지나친 의존에서 벗어나는 데 무게중심을 두고 '분리'와 '독립'에 대해 많은 이야기를 한다. 하지만 정작 우리의 근원적인 욕구를 잘 채우기 위해서는 부모와 자식이 '어떻게 연결'되어야 하는가는 놓치고 있지 않은가.

그래서 우리는 성인이 되어서도 이런 연결의 기회를 바란다. 대화와 소통을 통해 연결을 시도해보려 한다. 타인에게 이해받고, 인정받는 존재가 되기를 바라기 때문이다. 그때 우리는 누군가의 말에 귀 기울여줌으로써 한 사람의 존재가 가치 있음을 증명해줄 필요가 있다. 듣는다는 행위는 한 인간에게는 어마어마한 일이다.

"듣기는 아무것도 하지 않고 귀를 기울이는 단순한 행위가 아니다. 말하는 사람의 입장에서 '듣기'를 본다면 다른 사람이 자신의 말을 받아들였다는 확실한 '사건'이다."•

• 와시다 기요카즈, 《듣기의 철학》, 아카넷, 2014, 16쪽.

"

말하고 싶은
욕구까지
내려놓아야

"온전히

　자신을 내어주는 것이

　자신이 되는

　유일한 길이다."

에리히 프롬

얼마 전 《에고라는 적》이라는 책을 읽었다. 라이언 홀리데이라는 저자의 이력은 흥미로웠다. 그는 일찍이 대학을 자퇴하고 남들보다 빠르게 성공가도를 달렸다. 엄청난 노력을 쏟아가며 일했지만 결국 파산의 절벽으로 내몰렸다. 그 순간 그는 사랑했던 일과 사람들을 잃었다. 그는 어느새 처음 시작할 때처럼 아무것도 없는 그 지점으로 돌아와 있었다. 그러나 홀리데이는 자신을 성공으로 이끌었던 끝없는 충동과 강박이 그를 놔주지 않아 무척 괴로웠다. 그는 해법을 찾고자 자기 자신부터 역사 속 인물, 주변 사람들을 다시 바라보기 시작했다.

그는 자신을 비롯해 빠르게 성공하다가 바닥까지 추락하여 헤매는 사람들에겐 공통점이 있다는 걸 알게 되었다. 그들은 모두 누구보다 더 잘해야 하고, 더 많아야 하고, 더 많이 인정받아야만 하는 '에고'가 있었다. 에고는 자신감을 거만함으로, 단호함을 완고함으로 바꾸어 자신을 휘감아 침몰시킨다는 사실도 알게 되었다. 실패의 원인을 자신에게서 찾는 것이 아니라 다른 부분이나 다른 사람 탓으로 돌려 현실의 문제를 제대로 직면하지 않았다.

결국 철저하게 현실에 뿌리를 내리고, 자신을 마구 휘두르는 '에고'를 다스려야 한다. 성공만으로 이어진 탄탄대로는 없다는 사실을 인정하는 '겸손함'과 실패 속에서도 자신을 추스를 '자신감'을 키워야 한다. 그러기 위해서는 자신감을 가지려 하기보다 자신감 있는 사람이 되어야 하고, 상대에게 감동을 주려고 하기보다 감동 적인 존재가 되어야 한다. 어떻게 되려고 행동하기보다 그런 존재가 되어야 한다.

이 대목을 읽으며 뭔가 얻어맞은 느낌이었다.

'행동하기보다 존재하라.'

다시 소통의 문제로 돌아와 생각했다. 소통에서 나를 휘두르려는 '에고'는 없을까. 혹시 내 안의 본능이 소통을 방해하고 있진 않을까.

내가 방송을 처음 시작했던 시절 2명의 진행자는 서로 경쟁하는 사이였다. 서로 질문을 많이 하려고 남자 진행자가 여자 진행자의 발을 밟기도 하고, 옆구리를 치기도, 뒤에서 꼬집기도 했다. 다른 사람이 말을 못할 때 더 많은 질문을 했다. 참으로 부끄러운 일이었지만 방송은 무한 경쟁이고 살아남아야겠다는 생각으로 몇 개되지도 않는 질문을 서로 빼앗으려 난리였다. 나도 방송 초기 어렵게 들어간 프로그램에서 이런 일을 겪었다. 처음엔 지지 않으려고 대본을 통째로 외우기도 하고, 내 순서가 되면 안 뺏기려고 빨리 질문을 쏟아내기도 했다. 그렇게 지쳐가던 어느 날, 이런 생각이 들었다. '뭐 그리 대단한 질문이라고 서로 빼앗으려 하나. 그래, 다 하라고 하자. 나는 듣기만 하고, 반응만 하고… 아무 말 안 한 채 표정으로 얘기하지 뭐.' 약간의 자포자기 심정이었다. 그런 경쟁 구도에서 탈출하고 싶은 마음뿐이었다.

생각을 바꾸자 방송은 남자 진행자가 독차지했다. 그는 혼자 맘껏 질문하고 원 없이 말했다. 첫날은 그의 기분이 매우 좋아보였다. 콧노래를 부를 정도였으니까. 하지만 일주일이 가고, 이주일이 지나가고 시간이 지나도 내가 욕심을 내지 않자 그는 조금씩 버거워했다. 몸살이 걸린 날도 도움을 받을 수 없었고, 나보다 늘 신경을 더 많이 쓰다 보니 원고를 한 번에 두 장씩 넘기는 실수를 저지르기도 했다. 시간이 지나갈수록 그는 많이 힘들어 보였다.

나에게도 그 시간은 의미가 컸다. 방송을 하는 동안 내 질문을 챙기느라 다 듣지 못했던 출연자들의 이야기가 귀에 들려오기 시작했고, 차차 그들의 이야기를 온전히 다 들을 수 있었다. 제대로 듣고 있자니 질문하고 싶은 것들이 가슴으로부터 차올라왔다. 빨리 질문하기 위해 궁금하지도 않으면서 말을 마구 내던지던 상황과는 완전히 달랐다. 그뿐 아니라 출연자들의 이야기 아래 흐르고 있는 감정과 의식이 차차 느껴지며 이야기를 듣는 것이 재미있어졌다. 듣는 재미에 시간가는 줄 모를 정도였다. 그렇게 시간이 흘러가던 중 남자 진행자가 드디어 나를 향해 입을 열었다.

"왜, 말을 안 해? 나한테 기분 나쁜 일 있어? 나 혼자 진행하려니 얼마나 힘든 줄 알아?"

나는 미소로 답했다. 사실 2명의 진행자를 둔 이유는 서로 질문과 진행을 챙기며 원활하게 진행하라는 의미이자, 남녀 입장에서 다른 감정과 기분을 솔직하게 전해달라는 것이다. 서로 역할이 다른 것이지 경쟁 구도가 아닌 것을 이제 그도 인정하는 것 같았다. 다음날부터 이런 목적에 충실하게, 넘치지 않게 진행하고자 노력했다. 그 후론 진행을 놓고 다투는 일은 없었다.

물론 그 이후로 대화의 장에서도 말을 하기 위해 다투는 일은 없어졌다. 내가 말을 더 많이 한다고 해서 주목받는 것도 아니고, 조용히 듣고만 있다고 해서 내 존재가 없어지는 것도 아니지 않은가. 그러나 많은 사람들이 대화의 장에서 더 많은 말을 하려고, 자신이 하고 싶은 말을 생각하며 그 자리를 의미 없는 시간으로 만들고 있다.

방송에서 할 말을 참고 있었던 그 순간 깨달은 한 가지. 우리는 늘 '내 차례는 언제지?'라며 대화에 빠져들지 않은 채 자신이 말할 순간만을 기다리고 있다는 사실이다. 돈을 내고 물건을 사려고 차례를 기다리는 사람처럼 자기 순서에만 몰두한 채 상대의 이야기는 허공으로 날려버린다.

이것이 앞서 라이언 홀리데이가 지적한 '에고', 소통에서의 '에고'다.

말할 기회를 엿보는 것에만 집중해 다른 사람과의 대화를 엉망으로 만들어버리는 '에고'. 그러다 보니 내 말할 기회를 뺏아간 사람이 미워지고, 서로 자신의 이야기만을 외치는 연극무대가 되어버린다. 아무리 많은 이야기를 나누었어도 오직 기억하는 건 내 이야기뿐이다.

그렇다면 '듣기의 에고'는 어떤 걸까. 듣기의 에고는 듣는 것을 방해하며 나를 휘두르는 것인데, 그것은 바로 '말하고 싶은 욕구'다. 사람들이 모두 이야기하는 사람을 쳐다보며 집중해주는 게 부럽고 그 순간을 놓지 않으려 하는 마음이다. 마치 노래방에서 마이크를 놓지 않는 것처럼.

'말하고 싶은 욕구'를 내려놓을 때 상대의 이야기를 온전히 들을 수 있다. 내가 방송에서 질문을 한마디도 안 하고 듣기만 했던 그 순간처럼 오직 듣고만 있어야 한다. 상대의 관심사에 초집중해야 하는데, 이때 말하고 싶은 욕구가 발동되면, 내 머릿속은 어느덧 상대의 관심사에서 내 관심사로 채워지고, 마침내 입을 열어 내 이야기를 마구 풀어내게 된다. 이 말은 결국 '말하고 싶은 욕구'가 상대의 이야기를 듣는 것을 방해하며 그 이야기를 산산이 흩어버리게 만든다는 말이다. 그렇게 되면 상대는 더 이상 한마디도 하고 싶지 않아진다.

진정으로 그를, 그의 이야기를 알고 싶다면, 내 이야기가 비집고 들어갈 틈은 한 군데도 없다. 말하겠다는 강한 '에고'를 내려놓아야 진정한 듣기는 시작된다. 인정받고 싶어 하는 내 자신의 작은 욕망마저 내려놓아야 상대를 받아들일 공간은 제대로 확보된다.

듣기는 자신을 온전히 내려놓을 때, 온전히 내어줄 때 비로소 이루어진다. 이것이 듣기를 힘들어하는 이유일 거다.

"
우리의 삶은
듣기로
시작하여
듣기로
끝난다

"말하는 것은
 지식의 영역이고,
 듣는 것은
 지혜의 영역이다."

올리버 웬델 홈즈

'귀의 아인슈타인'으로 불리는 알프레 토마티에 따르면, 태아는 수정된 지 며칠 안에 기본적인 귀가 발달하고, 수정 후 4, 5개월이 되면 소리를 듣기 시작한다. 이에 반해 '눈'은 출생한 지 몇 달이 지난 뒤에야 보이기 시작한다고 한다. '보는 것'보다 '듣는 것'이 먼저 시작되는 것이다. 뿐만 아니다. 죽음을 맞이하는 마지막 순간까지도 살아있는 감각은 청각이다. 혀를 움직여 말을 하려면 엄청난 에너지가 들기에 생사를 넘나드는 사람은 우리의 기대처럼 유언을 남기기 어렵다. 오히려 소리를 듣고 있을 뿐이다. 그래서 호스피스들은 임종을 앞둔 사람을 찾아가 한마디 유언을 들으려 하기보다 '사랑한다'는 한마디를 전하는 게 중요하다고 한다.

　우리 삶은 '듣기'로 시작하여 '듣기'로 끝난다고 할 수 있지 않을까. 그만큼 삶에서 '듣기'가 중요하다는 뜻이 아닐까.

　"인생은 소리로 만들어진 집이다."

인디언들은 인생을 이렇게 표현한다. 사람들의 말소리와 동물의 소리, 나무나 바람 등 자연이 내는 소리로 채워진 곳이 우리가 사는 세상이라고. 이 드넓은 세상을 '소리'로 받아들이는 인디언들. 그들은 우리가 감지하지 못하는 모든 소리를 듣고 있는 것 같다.

인디언들은 삶의 현장에서도 '듣기'를 중시한다. 아이가 뱃속에 있을 때도, 태어나서도 노래와 이야기로 가득 차게 해준다고 한다. 사춘기에 접어든 소년은 '신명 탐구'라는 의식을 거친다. 이 의식은 소년 혼자 산에 올라가 침묵 속에서 자연의 소리, 신의 소리, 자신의 내면에서 우러나오는 소리까지도 듣게 하는 과정이다. 인디언 소년들은 이를 통해 나무에, 바람에, 공기에, 밤하늘의 별에게도 귀를 기울일 수 있다. 다시 말해, 모든 것에 귀 기울여 듣는 법을 배우는 것이다.

'듣기'는 훈련으로 확실히 나아질 수 있다. 나도 방송이라는 인위적 환경에서 듣기를 배웠다. 질문 외에는 다른 말을 허용하지 않는 조건에서, 타인의 이야기를 잘 끌어내야만 하는 상황 속에서, 말을 하는 법이 아닌 듣는 법을 조금씩 배웠다. 처음엔 듣기만 해야 하는 상황이 답답하고 불편했다. 그러나 시간이 지나자 차차 익숙해졌다. 처음엔 입을 다물고 단순히 타인의 이야기를 듣고 있는 수동적인 행위에 그쳤지만, 점차 상대 이야기의 맥락 속으로 들어가기 시작했고, 한참 후엔 타인의 삶 그 자체를 상상하고 느끼게 되었다. 상대의 이야기 속에 담긴 감정이 하나씩 내게로 조용히 들어왔다. 그 후론 타인의 삶 속으로 쉽게 들어가기도, 반대로 타인이 느낀 감정이 내게로 잘 들어오게 되었다. '듣기'는 노력으로 단련할 수 있다고, 맘을 먹으면 제대로 들을 수 있다고 나는 자신 있게 말할 수 있다.

인디언의 '신명 탐구 의식'이라는 행위를 접하는 순간, 이것은 일종의 '듣기' 훈련이다, 그것도 고도의 듣기 훈련이라는 생각이 들었다. 침묵과 고독 속에서 내면의 목소리에 조용히 귀 기울이는 것부터 시작해 차차 자연으로, 신으로 확대해나가는 훈련. 사춘기 아이에게 행해지는 의식은 그 민족의 가치를 고스란히 담고 있기 마련일 텐데, 인디언들은 왜 이렇게 '듣기'를 중요하게 여겼을까? '듣기'를 통해 무엇에 도달하려고 한 것일까?

먼저 그들의 언어를 살펴보자. 인디언 언어의 하나인 테와어에서 '귀'는 '주는 것'이라는 뜻이다. 상대의 이야기를 듣는 것이 어찌

주는 행위일까. 무엇을 준다는 말일까.

　무심하게 소리를 듣고 있으면 그 소리는 소음에 불과하다. 우리
식으로 표현하자면, 상대의 이야기가 한쪽 귀로 들어와 다른 귀로
나가는 것이다. 말을 하는 것 자체가 아무 의미가 없다. 그러나 마
음을 담아 들으면, 소리를 제대로 듣는 것을 넘어서 그 소리를 내
는 존재의 마음까지를 이해하게 된다.

　마음을 담아 듣는다는 것은 내 마음을 먼저 열어야 하는 일이
다. 그래야 상대의 소리를 받아들일 수 있다. 내 마음을 여는 것,
이것은 나라는 존재를 먼저 상대에게 준다는 의미다. 내 마음 안
에 상대의 자리를 내어준다는 의미다. 한 발 더 나가자면, 상대에
게 마음이라는 '선물'을 주는 셈이다. 귀는 나란 존재를, 내 마음의
자리를, 내 마음을 '주는 것'이다.

　어쩌면 인디언들은 '나를 드러내고자 상대를 제압하는 말'은 결
국 세상을 소란스럽게 할 것이고, 결국 더 많은 말을 하려고 남을
지배하려 들 것이라고 생각하지 않았을까. 그보다는 서로의 이야
기에 귀 기울이면서 함께 잘 어울려 살기를, 사람만이 아니라 자

연과도 조화를 잘 이루기를, 조상 대대로 전해져 오는 이야기에도 귀 기울여 인생의 지혜에 가까워지기를 바랐던 것이 아닐까. 이런 지혜가 필요한 때는 바로 지금이 아닌가 싶다.

지면과 방송, 여기에 SNS까지 모두 자기 주장, 자기 이야기를 해대는 지금. 이런 순간에 누군가가 내 이야기를 진심으로 들어준다면, 그와는 곧바로 진정한 친구가 될 것이다. 어쩌면 우리 모두는 이런 친구를 찾으려 헤매고 있는 건 아닌지.

듣는다는 것은 사람을 진정 사랑하는 마음이자 삶을 지혜롭게 사는 길이다. 인디언들은 후대가 이런 지혜로운 삶을 살기를 바랐던 것 같다. 끝으로 인디언 할머니가 손자에게 남긴 이 한마디를, 가슴에 새겨야 할 것 같다.

"사람이 인생의 여정을 가는 동안 위대한 신의 안내와 가르침을 발견하는 길은 듣기를 통해서, 듣는 것과 귀를 열고 주의를 기울이는 것을 통해서뿐이란다."

듣기 훈련

완전한 듣기, 온몸으로 듣기, 수동적 듣기, 능동적 듣기,

이제부터 '듣기'를 제대로 해보고 싶어지는가. 그렇다면 먼저 내 '듣기'의 현재 상태부터 점검해보자. 듣기의 단계는 프랑스의 귀 전문의사인 알프레 토마티[1]의 분류를 따랐다. 귀의 구조에서 나아가 듣기의 문제까지 귀에 관한 모든 문제를 통틀어 전문성을 가진 의사는 드물다. 그래서 그의 연구는 통합적이고, 현실적이고, 독보적이다.

토마티 박사는 '소리를 듣는 방식'을 두 가지로 구분했다. 첫째, 귀로 듣는 것, 둘째, 몸 전체로 듣는 것. 우리가 듣는다고 말할 때는 보통 귀로 듣는 것을 의미한다. 이 귀로 듣는 방식은 또 두 가지로 나뉜다. 첫째, 수동적인 듣기(hearing), 둘째, 능동적인 듣기(listening)이다. 수동적인 듣기는 귀에 들려오는 소리를 듣되 무심하게 흘려보내는 것이다. 이에 반해 능동적인 듣기는 우리가 듣기를 원하는 소리에 의식을 집중하여, 소리의 정보를 모으고, 그것을 분석하여 뇌로 보내는 행위를 말한다.

나는 위 분류를 단계별로 정리했다. 먼저, **'수동적인 듣기'**, **'능동적인 듣기'**, **'온몸으로 듣기'** 3단계로 말이다.

실제로 잘 듣는 사람은 드물다. 소리 속에서 목욕을 하면서도 귀는 열되 마음으로는 받아들이지 않고 그냥 흘려보내는 상태. 이것이 **수동적인 듣기**다. 무엇을 들었는지, 그 내용이 뭐였는지 기억이 안 나기 십상이다. 수동적인 듣기는 귀는 열고 있지만 자기 생각이나 주변 상황에만 빠져 있는 것인지도 모른다. 그러다 보니 상대와 대화는 어려울 수밖에 없다. 대화를 하면 늘 상대에게 원망을 듣는다. 내 이야기를 듣고 있냐고, 내 말에 관심은 있냐고.

1
그는 오페라 가수였던 아버지 덕에 많은 오페라 가수들의 목소리 문제를 들여다보다 '사람들은 귀로 듣는 소리만 낼 수 있다'는 사실을 발견하고 지속적인 연구와 임상실험 끝에 '듣기'에 장애를 가진 많은 아이들을 치료하는 프로그램 '소리의 재탄생'을 개발하기도 했다. 최고의 귀 전문의다.

능동적인 듣기부터는 상대와의 대화가 가능해진다. 듣기를 통해 뭔가를 느끼고 의식할 수 있는 단계다. 우리가 듣는다고 말할 때가 바로 여기다. 능동적인 듣기는 의식을 확장한다. 들으면서 여러 생각이 떠오르기도 하는 상태다. 최소한 이 단계에는 머물러야 한다. 그렇지 않다면 소통이라고 할 수 없다. 우리는 수동적인 듣기와 능동적인 듣기를 마음가짐과 태도에 따라 언제든 자유롭게 넘나들 수 있다. 듣기 싫거나 듣지 않겠다고 마음의 문을 걸어 잠그면 저절로 귀는 닫힌다. 듣겠다는 마음이 있어야 귀를 열 수 있다. '마음'이 수동적인 듣기와 능동적인 듣기를 가르는 기준이다.

다음 단계는 **온몸으로 듣기**. 귀로만 듣는 것에서 더 나아간 형태다. 몸 전체로 듣는 것과 귀로만 듣는 것은 확연히 다르다. 소리는 에너지이자 파장이다. 소리의 파장, 에너지는 눈에 보이진 않지만 상대에게 가서 닿는다. 우리가 의식하지 못할 뿐이다. 태어날 때부터 시력에 이상이 있는 사람은 청력에 많이 의지한다. 그래서 다른 사람보다 소리에서 더 많은 정보를 취한다. 소리의 에너지, 파장까지도 인지할 수 있다.

온몸으로 듣는다는 것은, 코로도 음식을 먹는다고 하는 것처럼 귀를 넘어서서 눈으로도, 코로도, 감각으로도, 온몸의 감각을 총동원해서 상대의 말을 느끼는 것이다. 그러다가 상대의 마음이 눈으로도 보이고, 귀로도 느껴지고, 촉각으로도 와닿고, 후각으로도 느껴진다. 오감으로 느껴지는, 소리 너머의 것이 들리기 시작하는 단계다. 상대가 말하지 않은 것도 느껴지고 들린다. 이 단계에 들어와야 '공감'으로 갈 수 있다. 서로 말을 넘어선 교류가 가능해지는 것이다. 하지만 온몸으로 듣기는 '듣기' 훈련만으로 되는 건 아니다. 감각이 벼려 있어야 한다. 삶을 편히 살기 위해 적응한 '둔한 감각'으로는 이 단계에 올라서기 어렵다. 온몸이 살아있어야 한다. 진정 살아있는 사람이 되어야 한다. 듣기를 넘어선 다른 노력이 병행되어야 하는 이유다.

온몸으로 듣기를 하면, 들은 자와 말한 자 사이엔 다른 사람들이 모르는 묘한 기류가 흐르기 십상이다. 서로가 통했다는 교감. 서로 충만한 감정이 든다. 이 단계에서는 전화처럼 다른 매체(미디어)를 통해 듣는 것은 해당되지 않는다. 오직 마주하고 앉아 대면할 때만 이루어진다. 소리의 파장과 에너지는 현장에서, 바로 옆에서만 전달되기 때문이다.

마지막으로 가장 이상적인 단계를 하나 붙여본다. **'완전한 듣기'**. 키에르케고르의 시 한 대목에서 가져온 표현이다.

"나의 기도가 좀 더 마음을 모으고 내면을 향하게 될 때 나는 점점 더 말수가 적어진다. 마침내 나는 완전히 침묵하고 듣기 시작한다."

완전히 침묵하고 듣는 단계. 신과 하나 되기 위한 기도처럼 생명의 소리를 완전히 듣기 위해서는 나 자신까지 끝내 잊어버리는 단계. 앞서 언급한 '에고'까지도 내려놓는 단계에 해당한다. 우리의 듣기를 마지막까지 방해하는 것은 에고이기 때문이다. 완전한 듣기까지 이루어진다면 하늘도, 사람의 마음도, 모든 것은 움직일 수밖에 없다. 그만큼 강력한 듣기인 셈이다.

완전한 듣기란 한마디로 '상대를 위한 내 마음의 빈자리를 만드는 과정'이다. 나란 '에고'까지도 밀어내고 빈 항아리처럼 자신을 비워야 상대가 들어올 자리가 있기 때문이다. 채우기 위해서는 비워야 한다. 듣기는 결국은 '나를 비워내는 과정'이다. '듣기'는 나를 수련하는 과정이다.

3부

마음의
벽을 허무는
공감의
언어들

20여 년 방송을 하면서 '평생 잊지 못할 말 한마디'가 있느냐는 질문을 받은 적이 있다. 비카스 징그란의 말처럼, 누군가에게 평생 기억될 만한 말을 할 수 있다면, 그것만큼 강렬한 스피치가 또 있을까. 그랬다. 내게도 잊지 못할 그런 순간이 있었다.

새벽까지 이어진 '이산가족 찾기' 방송에서 대장암 말기의 몸을 이끌고 스튜디오에 가족을 찾으러 나온 어르신의 절절한 호소를 듣던 순간이라든가, 사고로 시력을 잃은 부인을 이해하고자 평생 집에 불을 끄고 살았던 남편의 애잔한 사랑 이야기를 듣던 순간···. 모두 방송하는 내내 마음속으로 눈물을 흘렸던 순간이었다. 방송이 끝나고도 며칠 동안 그 이야기가 내 곁을 떠나지 않았던 순간이었다.

이런 강렬한 순간엔 공통점이 있다. 하나는 이야기가 그들의 삶과 세월이 가진 '진정성'으로 가득 차 있다는 것, 또 하나는 이 이야기를 듣는 순간 나는 그들의 삶이 내 앞에 펼쳐진 것처럼 생생하게 느끼고 있었다는 것이다.

방송을 하면서 늘 느끼는 것은 말의 내용(콘텐츠)보다는 그 아래를 흐르는 '감정'이 더 중요하다는 사실이다. 상대가 전하는 그 감정을 내가 오롯이 느낀다면 말의 내용이 다 무슨 소용이 있을까. 나는 이런 순간을 기다리며 늘 카메라 앞에 선다. 누군가의 삶으로 들어가는 경험, 누군가의 감정을 같이 느끼는 경험. 말을 하는 사람과 듣는 사람이 하나의 감정을 느낀다면 그것을 '공감'이라 부를 수 있지 않을까. 나는 이런 순간엔 오직 '그 사람과 나'만이 존재한다고 느끼며, 우리 사이엔 감정의 강(江)이 서로를 연결하고 있다는 상상을 한다.

실제로 이렇게 방송을 하고 나면, 출연자를 그냥 보낼 순 없었다. 그래서 방송에서 느낀 감정을 붙들고 그를 배웅 나간다. 아쉬움과 여운은 한순간 지워지는 것이 아니므로. 출연자도 마찬가지 같다. 우리는 어느덧 서로의 감정을 나누고 마음을 나눈 친구가 되어 있다. 이렇게 나는 사람을 만났고, 친구를 만들었다.

몇 년 전 TED에서 브레네 브라운의 강의를 들었다. 수치심과 인간의 취약성에 대한 내용이었는데, 그 강의에서 유독 한 대목이 귀에 들어왔다.

"사람들에게 '사랑'에 대해 물으면, '실연의 상처'를 말하고, '소속감'에 대해 물으면, '소외'로 인해 가장 고통스러운 순간을 말하더군요. '연결'에 대해 물었을 때, 사람들은 '단절'에 대한 이야기를 들려주었습니다."

그래, 성공한 사람들의 인터뷰에서 나도 그들이 어렵게 꺼낸 '실패와 좌절'의 이야기가 가장 기억에 남았고, 가장 격하게 공감했던 기억이 났다. 누군가와 진정 연결되려면, 진정한 관계를 맺으려면, 우리는 자신을 낱낱이 내보여야 하고, 그렇게 하려면 쉽진 않지만 나의 '취약함'마저도 꺼내놓아야 하지.

우리가 가진 '취약한 부분'이, 우리 생각과는 달리, 감추어야 할 부분이 아니라 솔직하게 드러내야 할 부분이 아닐까. 혹여 이런 약한 부분을 보고 실망해 상대가 떠나버리지 않을까 걱정하지만, 사실 우리는 모두 이런 취약한 구석이 있는 인간이기에 이런 모습을 보면 이해가 되고 상대를 위로하고 돕고 싶어진다. 브레네 브라운도 바로 여기에서 '연결'의 실체를 발견했다고 말한다.

마음의 벽을 허무는 '소통의 비결'도 이 지점에 놓여 있다. 너와 내가 다르지 않다는 사실을 전하는 것, 우리가 모두 '취약한 인간'이라는 사실을 받아들이는 데 '공감'의 비법이 있다.

550여 회 인터뷰 중에서 가장 솔직한 답변을 들었던, 뒤에 이어질 5편의 이야기들은 바로 '취약한 인간'이라는 사실을 받아들인 명사들의 겸허함이 있었기에 가능했다. 나는 단지 스치듯 사라지는, 그들의 퍼즐 한 조각 같은 '진심'을 놓치지 않고 그 순간 상대가 느낀 감정과 아픔, 고통을 상상하고 느껴보려 했을 뿐이다. 그 과정에서 나온 질문들은 그들을 더 깊이 이해하게 만들었고, 나는 방송이란 사실도 잊은 채 그들에게 한발씩 다가가고 있었다.

그들은 자식 앞의 부모는 얼마나 한없이 약해지는 존재인지, 운명 앞의 한 인간은 얼마나 하찮은 존재이고, 외로움 앞의 인간은 얼마나 잘 스러지는 존재인지를 절절히 전해주었고, 그 이야기 하나하나를 듣다 보니, 그들을 도저히 사랑하지 않을 수 없었다. 그들도 나랑 조금도 차이가 없는 존재라는 사실이 내 취약한 부분을 보듬고, 그들과 손을 마주 잡고자 하는 용기를 내도록 만들었기 때문이다. 보이지 않는 곳에서 우리는 연결되고 있다는 강한 느낌을 받았다. 이것이 바로 '공감'이다.

내가 방송에서 담을 수 없었던 5명의 이야기를 상상력과 감성의 색을 입혀 새로 써본 것처럼, 당신도 누군가의 이야기를 한 번 적어보면 어떨까.

"

딸에게
주지 못한
단 한 가지

아버지 이어령 선생의 고백

"나는 딸에게
 명예도, 사랑도, 돈도
 다 줄 수 있었는데…
 아이가 원한 건
 그게 아니었어요."

이어령

사연 없는 인생은 없다. 누구나 자신의 인생을 말로 하자면 한 권의 책이 된다고들 하지 않던가. 550회가 넘는 단독 인터뷰를 해오면서 이 말을 실감했다. 많은 사람의 이야기를 들을 때마다 콧등이 시큰거리지 않은 날이 없었으니까.

　그 가운데 팔순의 이어령 선생과의 인터뷰는 아직도 내 가슴에 살아있다. 카메라가 비추지 않는 시간 동안 그렇게 많은 눈물을 흘린 적도, 방송에서 들은 이야기가 그리도 오랫동안 가슴을 맴돌았던 적도 없었기 때문이다. 그동안 이어령 선생을 몇 번 인터뷰할 기회가 있었다. 그때마다 선생의 한국 문화에 대한 장광설을 듣다가 끝났었다. 늘 뭔가 아쉬웠다. 내가 알고 싶었던 것은 '인간 이어령'이었는데. 인터뷰를 통해 듣고 싶은 이야기는 항상 '인간으로서 살아가면서 누구나 겪는 고통과 아픔'에 관한 것이었는데.

　그날 이어령 선생은 전과 달라 보였다. 머리는 하얗게 세고 다소 지친 표정이었다. 팔순을 넘긴 나이. 그동안의 세월을 가늠할 수 있었다. 얼마 전 출혈이 있어 뇌수술을 하셨고, 한 해 전에 그렇게 소중하게 여긴 딸의 죽음을 겪으셨다. 자식을 앞세웠으니, 그 맘이 어땠을까. 인생에서 가장 힘든 시기를 보내셨구나 싶었다.

큰 딸, 이민아 목사는 대단한 딸이었다. 공부를 워낙 잘하는 수재였고, 시험이란 시험은 모두 우수한 성적으로 통과했다. 우리나라에서만이 아니라 미국에서도 변호사, 부장 검사까지 원하는 대로 이뤄내는 대단한 인재였다. 경제적으로도 부유하니 부(富)와 명예를 다 갖춘, 어디에 내놔도 자랑스러운 딸이었다. 이런 그녀의 삶에 예상 밖의 고난이 이어졌다. 두 번의 결혼과 두 번의 이혼, 고락을 같이 한 큰아들의 갑작스런 죽음, 시력을 잃을 위기, 갑상선암 재발…. 힘든 순간들이 이어지던 어느 날 그녀는 아버지에게 이런 속내를 비쳤다.

"아버지, 난 시험이 제일 지긋지긋했어요. 시험 전날엔 늘 배가 아프고, 스트레스를 받았어요."
"넌 시험만 보면 대통령도 된다고 하지 않았니?"
"아버지 기쁘라고 한 말이지요. 시험 잘 치고, 시험 공부 좋아하는 사람이 이 세상에 어디 있어요….”

　지긋지긋할 정도로 힘들었던 딸의 젊은 시절. 어쩌면 그녀의 삶
에는 편안했던 순간은 단 한 번도 없었던 것은 아닐까. 딸의 말을
들으며, 선생은 ‘한국의 지성’으로 존경받는 자신의 딸로 살아가는
고통을 처음 생각해보게 되었다.

　“그 소리를 듣고 너무 가슴이 아팠어요. 일평생 누구의 딸로
　창피하지 않게 살려고 그렇게 힘들게 노력을 했던 거지요.”

　그녀에게 아버지는 너무 먼 존재였다. 늘 책을 읽고 글을 쓰며
바빠 함께할 수 없는 아버지였다. 밤늦은 시간에 아버지에게 굿
나잇 인사라도 할라 치면 선생은 책상 앞 환한 불빛 아래에서 열
심히 글을 쓰고 있었다. 어린 그녀에게 아버지의 등은 커다란 벽
같았다. 그래도 그녀는 용기를 내어 말을 해봤다. “…아빠… 잘…
자….” 그러면 아버지가 벌떡 일어나 한 번 와락 안아주고, 뽀뽀라
도 해주겠지 하는 기대로. 그러나 아버지는 꿈쩍도 안 했다. 뒤돌
아 그녀와 눈 한 번 맞추지 않은 채, 그냥 자리에 굳건히 앉아 “잘
자라” 그 한마디뿐이었다. 짧고 아쉬운 한마디였다. 그녀는 쉽게

발길을 돌리지 못했다. 하루 종일 기다린 아버지였는데…. 자기 전엔 아버지가 따스한 손길, 따스한 눈길 한 번은 보내주리라 기대했건만 그녀는 아버지의 커다란 등만 바라보다 쓸쓸히 발길을 돌려야 했다. 어쩌면 그 순간 그녀에게 아버지란 존재는 다가갈 수 없는 높디 높은 벽으로 느껴졌는지도 모르겠다.

선생은 딸이 자신에게 한 고백을 이어갔다.

"나는 늘 아버지가 빈 구석을 준 걸 생각했는데, 그걸 채워준 게 하나님 아버지야. 아버지에게 구하지 못한 걸 하나님 아버지한테서 구했어. 아버지가 한 명 더 생겼어. 이젠 행복해."

이어령 선생은 딸이 또 하나의 아버지, 하나님을 믿게 된 이유를 알게 되면서 자신을 돌아보게 되었다고 했다. 평소 딸을 사랑한다고 말해왔지만, 그 말은 자신의 기준, 사람들의 시선에 맞추기 위해 잘 되길 바란다는 말이었지, 내 맘에는 안 들어도 딸이 정말 원하는 삶을 살기를 바라며 한 말은 아니었다는 생각이 들었다. 이게 과연 누구를 사랑한다는 말인가. 나를, 나의 기준을 맞춰준 너를 사랑한다는 것, 다시 말해 내 자신을 향한 사랑 그 이상 그 이하도 아니라는 생각이 들었다. 다른 부모와 다를 게 없는 '이

기적인 사랑'만 주려고 했구나 하는 후회의 마음이 들었다. 딸이
진정 원한 것은 그녀 존재 자체로서, 살아있는 생명 자체로서 사
랑해주는 거였는데 말이다.

"나는 딸에게 명예도, 사랑도, 돈도 다 줄 수 있었는데… 아이
    가 원한 건 그게 아니었어요."

한 사람의 아버지로서 내뱉은 이 진솔한 고백은 내 가슴을 먹먹
하게 만들었다. 선생은 방송 내내 담담하게 이야기하려 했지만,
목소리는 가냘프게 떨리고, 눈에는 슬쩍슬쩍 눈물방울이 비쳤다.
평생 삶을 강인하게 헤쳐나온 그에게도 딸은, 자식은 가장 여리고
아픈 부분이었다. 한 아버지로서의 죄책감, 후회가 묻어났다. 그
는 그 모든 걸 다 내려놓은 겸손함으로 말을 이어갔다.

"그때부터 딸에게 생명과 사랑에 대해 배우기 시작했어요."

병마로 평생 고난에 시달린 딸을 빼앗긴 아버지의 마지막 부정
(父情)이 느껴졌다. 그는 그동안 신(神)은 없다고 생각해왔다. 6·25
전쟁을 겪으면서 아무 죄도 없는, 갓 태어난 아이들이 그렇게 많

이 죽어나갔는데, 과연 신은 있기는 한 건가 싶었다. 그걸 목도(目睹)하면서 신을 원망했고, 깊은 상처를 입었다. 그러나 자신이 사랑한 딸이 하나님과 함께하면서 어떻게 부도, 명예도 다 내려놓았는지, 암의 고통도, 자식의 죽음도 극복하고, 아프리카 같은 오지의 청소년을 위해 사역을 하면서 그리 행복할 수 있는지 이해해보고자 신을 받아들인다. 딸 이민아 목사가 3개월 시한부의 삶을 선고받고도 고통 속에서도 열정적으로 3권의 책을 쓰고 강의하며 1년 가까이를 살아내는 걸 옆에서 지켜보면서, 심지어 죽음 앞에서도 두려워하지 않고 하루하루 행복하게 살아가는 모습을 보면서, 이런 믿을 수 없는 일은 신만이 하실 수 있다는, 결국 신이 존재한다는 것을 인정하게 된 것이다.

2시간여 그의 이야기를 들으며, 진정 '아버지의 사랑'이 무엇인지, 한 사람의 부모가 된다는 것이 얼마나 고통스럽고 아플 수 있는지 느낄 수 있었다. 많은 생각이 내 안을 가득 채웠다. 방송을 마치고 선생을 배웅하면서도, 집으로 돌아오는 길에도, 아니 집에 와 내 방에 들어와서도 난 아무 말도, 어떤 일도 할 수가 없었다. 무엇인가 나를 완전히 휘저어놓은 듯했고, 그 여운이 길게 이어졌다. 그 시간 내내 선생의 이 한마디가 귓가를 맴돌았다.

"가장 사랑하는 딸을, 솔직히 말하자면, 충분히 사랑해주지 못한 딸을 잃었어요. 얼마나 후회했겠어요. 맘껏 사랑이라도 해주었다면 세상을 떠나도 그렇게 슬프지 않았을 텐데…. 잘 해줄 걸, 더 사랑해줄 걸 하는 생각을 남겨두고 떠나면 굉장히 맘이 걸리거든요. 충분히 사랑을 하지 못한 아쉬움이라는 게 이런 거구나… 그런 생각을 했어요."

인간은 삶을 되돌릴 수 없다. 하지만 꼭 한 번 삶을 되돌릴 수 있다면, 되돌아가서 단 한 가지만 할 수 있다면, 딸을 맘껏, 한없이 사랑해주고 싶다는 말. 정녕 딸을 정말 사랑하는 한 아버지의 고백이 아닐까.

우리는 한 사람의 부모가 되면서, 인간을 진정 사랑하는 것이 무엇인지, 진정 사랑하는 사람만이 느끼는 '아픔'과 '고통'을 뼈아 프게 배우게 되는 모양이다. 지금도 가끔씩 이어령 선생의 말이 떠오르는 날이면, 가슴 한편이 조용히 저미어 온다.

〈한국 한국인〉 인터뷰

"

운명이 준
마지막 기회

뮤지컬 배우 박해미의
눈물 젖은 노래

"〈맘마미아〉라는 작품이
　제겐 운명이라는
　생각이 들었어요."

박해미

삶이 더 드라마 같다고 느끼는 순간이 있다. 잔잔한 삶이 통째로 흔들리기도 하고, 어둠 같은 삶에 생각지 않은 반전이 기다리고 있으니 말이다. 그래서 우리는 삶을 지루해할 수 없는지도 모른다. 우리 삶이 드라마보다 더 믿기지 않을 때가 있다.

방송에서 처음 본 그녀는 밝고 에너지가 넘쳤다. 그늘이라고는 전혀 없는 사람, 뮤지컬 배우 박해미. 그녀가 뮤지컬 〈맘마미아〉로 이름을 알리자마자 진행하던 프로그램에서 그녀를 초대했다.

〈댄싱 퀸〉이라는 신나는 노래로 프로그램은 시작되었다. "넌, 멋진 댄싱 퀸~"이라는 노랫말이 그녀에게 너무나 어울렸다. 커다란 꽃무늬 의상 또한 무척이나 잘 어울렸다. 화사한 한 송이 꽃 같았다. 그녀의 어린 시절은 지금의 모습에서도 슬쩍슬쩍 비치듯 엄청난 장난꾸러기였다고. 본인의 표현에 따르면, 최고의 '악동'이었단다. 여동생들은 이런 언니에게 진저리를 내며 더 얌전하게 컸고 어머니는 심지어 '쟤는 위험한 존재야'라고 하셨을 정도였단다. 이 모든 게 그녀의 넘치는 '에너지'와 '끼'에서 나온다는 생각이 들었다. 이 두 가지는 어느 누구도 쉽게 주체할 수 없는 것이니 말이다. 그녀는 집안까지 유복해서 더 거침이 없었다. 모든 게 자기 뜻대로 움직였다. 그런 그녀에게 형부가 이런 말을 했다.

"너는 한순간에, 단칼에 금방 꺾일 애야."

무슨 소리. 그녀는 말도 안 되는 소리라고 생각했다. 시간이 흘러 드디어 어린 시절부터 꿈꾸던 뮤지컬 배우가 되었다. 운 좋게 어린 나이에 주인공도 맡았다. 남들처럼 열심히 포스터도 붙이고, 티켓도 파는 힘든 일은 할 필요가 없었다. 고생스럽지 않은 연극 배우, 뮤지컬 배우 생활을 시작한 것이다. 순탄했다. 금방 스타의 길로 들어설 것이라 기대했다.

그러나 쉽지 않았다. 성격이 튀고 자기 주관도 강해 같이 일하는 사람들은 그녀를 독선적이라 여기며 미워했다. 같이 일하기 꺼리는 인물이 되었다. 게다가 어린 나이, 멋모를 때 결혼까지 덥석 해 버렸다. 산 너머 산이었다. 그녀는 10년의 결혼 생활로 활동을 이어나갈 수 없었다. 그녀 앞엔 '10년의 공백'이란 인생의 큰 강만이 덩그러니 놓였다. 그 강을 건너 재기하기란 힘들어 보였다. 그 시간을 꾸준히 활동한 동료들에 비하면, 자신은 너무도 나약하고 미미한 존재처럼 느껴졌기 때문이었다.

그래서 그 사랑하는 뮤지컬을 포기하려고 했다. '포기하자. 그리고 떠나자.' 캐나다에 어머니, 아버지가 계시니 거기서 그냥 편하게 살아야겠다고 생각했다. 형부 말대로 되었다. 일어서지 못하고 그냥 꺾여버리려는 것이다. 배우 생활이 순탄하지 않으니, 공백이 길어지니 한순간에 모든 걸 접으려 했다. 그 순간 이런 생각이 들었다. 이게 회피가 아니고 무엇이란 말인가. 스스로 강하다고 생각했는데 사실은 너무도 약해빠진 존재구나 하는 생각. 헛똑똑이 아닌가 싶었다. 그래서 형부가 그런 소리를 했구나.

바로 그때 〈맘마미아〉 오디션이 그녀 앞에 나타났다. 그녀는 고민했다. 도전해야 하나 말아야 하나…. 하필 뮤지컬을 포기하려고 하는 순간에, 이게 무슨 운명의 장난이란 말인가. 목 상태도 좋지 않았다. 급성 후두염, 말 한마디도 하기 힘들었다. 과감하게 도전장을 내밀기도 쉽지 않은 상태였다. 그래도 여기서 물러설 수는 없었다. 심사위원들에게 호소했다. 운이 따랐다. 그녀의 재능을 인정한 영국 심사위원들이 2차 오디션에서 그녀를 통과시킨 것이다. 오디션이라는 제도가 아니었다면, 뮤지컬계에서 기피하던 그녀는 〈맘마미아〉라는 큰 무대에 설 기회가 없었을지도 모른다. 긴 고난 끝에 그녀의 꿈은 드디어 이루어졌다. 그녀는 〈맘마미아〉의 주인 공이 되었고, 이 작품은 소위 대박을 터뜨려 전국에 이름 석 자를 알렸다. 그녀는 이 순간을 이렇게 회고했다.

"제 나이 마흔에 〈맘마미아〉라는 작품을 하게 되었는데, 내 인생의 터닝 포인트가 되었고, 이게 참 운명이구나 하는 생각 이 들었어요."

운명. 운명이란 무엇일까. 인생에 3번의 기회를 준다더니, 〈맘마미아〉는 그중 하나였던 것일까. 아니면 운명은 우리를 늘 시험하는 걸까. 힘들고 힘들어 견디기 힘든 순간까지 몰아세워 정말 좋아하는 것이 아니라면 진즉에 포기하게 만들어버리게 해 '절실함'을 증명하게 하는 것인가. 만약 그녀가 캐나다로 떠나버렸다면, 급성 후두염으로 오디션을 포기해버렸다면, 지금의 뮤지컬 배우 박해미는 없었을 것이다. 운명이 준 기회를 붙잡은 것은 뮤지컬에 대한

'절실한 애정' 때문이 아니었을까. 운명이라는 말 한마디에 많은 것이 담겨 있었다.

〈맘마미아〉 오디션 얘기를 듣고 나서 그녀에게 가장 기억에 남는 곡을 하나 청했다. 그녀는 오디션 내내 불렀던 노래인 〈The winner takes it all〉을 골랐다. 이 곡은 오디션뿐만 아니라, 자신이 힘들고 어려울 때마다 부른 노래이자 가장 사랑하고 좋아했던 노래란다. 박수로 그 곡을 청해 들었다.

"지난 얘기는 하고 싶지 않아.

가슴 아파도, 다 지난 얘기.

더 이상 내게 할 말이 없죠.

당신도 역시 그랬겠지요.

이긴 사람만이 모든 걸 다 갖죠.

패자는 쓸쓸히 남아 있겠죠.

…

냉정한 신께서 주사위 던져 우리 중 누군갈 지게 만들죠.

이긴 사람만이 모든 걸 다 갖죠.

우린 아무런 불평도 할 수가 없어."

노래가 시작되고, 나는 그녀의 감미로운 목소리를 옆에서 듣는 게 행복했다. 부르기 쉽지 않은 노래였는데, 그녀는 편안히 의자에 앉아 부르고 있었다. 노래를 듣고 있자니 가사가 너무도 또렷이 내 귀로 들어왔다. 그녀가 지금까지 겪은 아픔, 고통이 묻어 있었다. 도나의 노래가 아니라 그녀 자신의 노래라는 생각이 들었다. 클라이맥스를 향하면서 그녀의 목소리도 젖어들었다. 그녀는 눈물을 삼키며 묵묵히 노래를 이어갔다.

그 순간 다른 성공한 동료들을 보면서 긴 세월 그녀가 삼킨 눈물이 얼마나 많았을지, 신이 던진 주사위 같은 운명의 장난 속에서 자신의 별것 아닌 재능에 얼마나 쓸쓸해했을지, 운명이라는 커다란 굴레 속에서 한 인간으로서 느낀 무력함이 얼마나 컸을지를 상상하면서 내 마음도 조용히 젖어들었다. 무대에 서는 비슷한 직업을 가진 사람으로서 나는 그녀가 마흔이라는 더는 젊지 않은 나이에서야 비로소 주목받게 된 상황에도 가슴이 아팠다.

"냉정한 신께서 주사위를 던져 우리 중 누군가를 지게 만들죠. 이긴 사람만이 모든 걸 다 갖죠. 우린 아무런 불평을 할 수가 없어…."

그녀는 이 가사를 반복해 부르고 있다. 삶은 가사처럼 냉정한 것인지도 모른다. 인간은 선택할 수 있는 게 없을지도 모른다. 어쩌면 주어진 운명을 따라가야 할지도 모른다. 하지만 불평을 할 수도 없다. 그나마 마지막 기회를 잡은 그녀는, 혼자 삶을 개척해내는 주인공 도나처럼 다시는 넘어지지 않겠다고, 마음속 깊이 용기를 내고 있는 게 아닐까.

상처받고 힘들었던 시간을 보내고, 이제 겨우 무릎을 털고 일어선 그녀에게 진심 어린 뜨거운 박수를 보냈다. 그녀의 노래가 너무나 좋았다고, 그녀의 용기가 대단하다고…. 앞으로도 그녀가 무대 위에서 관객의 뜨거운 박수로 계속 힘내기를 바라본다.

〈주부 세상을 말하자〉 금요토크쇼

"

고통을 진정한
아름다움으로
승화하다

《육아일기》박정희 할머니의 그림

"고통스런 세상을 사는 우리가
　정 아플 때는 모르핀을 맞는대.
　그런데 모르핀은 중독이 된대.
　나에겐 모르핀보다
　수 백 배 효과가 좋은 게 있어.
　그게… 바로…
　엔돌핀이래."

박정희

내 삶에 영향을 준 한 사람으로 나는 두말할 것 없이 '외할머니'를 꼽는다. 외할머니의 곱게 빗은 머리와 은은한 로션 냄새, 갖은 꽃으로 풍성했던 화단을 기억한다. 곱고 예쁜 것을 사랑하셨지만, 지치도록 많은 일을 한 탓에 할머니는 굽은 허리와 손가락을 갖고 계셨다. 이게 늘 가슴 저몄다. 같은 여성으로 태어난 나도 벗어날 수 없는 굴레처럼 느껴졌다.

　아흔의 박정희 할머니.
　참빗으로 곱게 빗어내린 머리에 깔끔한 외모, 작은 체구에 걸맞은 귀여운 표정을 짓고 계신 분. 나는 그녀를 보자마자 한눈에 내 할머니를 떠올렸다. 어쩜, 이리 닮으셨을까….

　책 프로그램 취재차 그녀가 살고 있는 곳, 인천으로 찾아갔다. 결혼한 이래 그녀는 쭉 이곳에서 살았다. 여기서 시부모님을 모시고, 5남매를 낳고, 23명의 대가족을 건사하고 살아왔다. 그녀가 쓴 책 《박정희 할머니의 행복한 육아일기》는 아이를 낳기 시작한 6·25 전쟁 무렵부터 5남매가 모두 일곱 살이 될 때까지 성장, 변화한 모습과 가족의 소소한 일상, 시대상 등을 글과 그림으로 꼼꼼하게 기록한 책이었다. 그녀는 당대 신여성이었다. 경성여자 사범학교를 우등으로 졸업한 수재였다. 교사로서 직접 아이들을 가르치기도 했었다. 이런 그녀가 5남매를 낳고 기르면서 평소 갖고 있던 글 솜씨, 그림 솜씨로 일기를 써내려간 것이다. 당시 책이라곤 변변치 않던 터라 직접 아이들을 위한 동화책도 만들었다. 종이도 귀하던 시절이라 낡은 이불 천으로 표지를 만들었는데, 얼마나 솜씨가 좋은지 지금 보아도 곱기만 했다. 참 재주가 많은 여성이었다. 참 대단한 여성이었다. 우등 졸업한 수재답게 삶을 성실하게 기록하고 최선을 다해 살아냈다. 아이 다섯을 키우기도 버거울 텐데, 늦은 밤 일기와 책을 쓸 수 있었을까. 이렇게 대단한 여성이 어떻게 자신의 꿈을 펼치지 않고 오직 가족만을 위해 자신을 희생하며 살았을까. 그녀의 삶에 좀 더 관심이 깊어졌다.

집안을 둘러보니 그녀의 삶이 하나씩 눈에 들어왔다. 시부모를 모시며 다섯 아이를 키우는 것도 모자라, 전후 평양에서 내려온 시댁 식구들도 돌봤고, 의사인 남편은 인천 주변 섬에서 치료받으러

나오는 환자들의 숙식까지도 제공하고 싶어 했다. 이 모든 일은 그녀 몫이었다. 하루 종일 일이 넘쳐났다. 가족 이야기를 듣다가 자연스레 내려다본 그녀의 손마디는 다 휘어져 있었다. 얼마나 일을 많이 했으면 그 여린 손마디가 버티질 못해 저렇게 꺾었을까. 외할머니의 손마디가 생각났다. 밭에서 고구마며 호박, 고추, 상추 등을 키우다 보니 손 사이사이까지 검은 흙이 낀 채로 손마디는 류머티즘으로 늘 퉁퉁 부어 있던 할머니의 손. 가끔 아픈 손을 주무르고 계신 걸 보면서 그 고통을 마음속으로만 가늠해볼 뿐이었다. 몸이 지탱하기도 버거운 만큼의 희생을 감내해온 과거의 어머니들. 한 인간으로 가슴 안에 어떤 꿈을 간직하고 있든 아니든, 여성으로 살아가는 것은 참으로 고되고 힘든 일이었을 것이다. 가슴 한편이 저릿했다.

박정희 할머니는 집안 곳곳을 안내해주었다. 함께 들어간 방은 고인이 된 남편과 함께 쓰던 방이었다. 남편이 쓰던 물건이 그대로 놓여 있어 아직 남편이 살아있는 것만 같았다. 방에 있던 그의 소품들처럼 남편은 지금도 할머니 가슴 가득 채워져 있다는 생각이 들었다. 그때 할머니는 이렇게 말씀하셨다.

"우리 애인 방이에요. 호호."

"네? 애인요?"

"난 남편을 애인(愛人)이라고 불러요."

애인, 이 한마디에서 남편에 대한 할머니의 사랑의 마음을 느낄 수 있었다. 그 긴 세월을 함께 살고도 남편은 그녀에겐 아직 사랑하는 사람이었다.

나는 남편을 그렇게 불러본 적이 있던가. 결혼하기 전엔 '애인'이라고 하다가 결혼하고 나서 '원수'가 되곤 하는 사람. 내 삶의 고통이 그로 인해 생긴 것 같아 가끔 원망도 했다. 나와 비교될 수 없을만큼 힘들게 살아온 그녀는 남편을 탓하거나 미워하기는커녕 진정 사랑했다.

주변 지역 의사들 대부분 환자들을 진료하며 부를 쌓을 동안, 할아버지는 돈 없고 힘든 환자들을 돌보았다. 섬에서 어렵게 치료를 받으러 온 환자들은 먹이고 재우고 치료를 해서 보냈다. 사람을 살리는 진정한 의사였다. 할머니는 그런 남편을 원망하지 않고 묵묵히 곁을 돌봤다. 자신의 불편을 내세우지 않고 남편의 가치관, 영혼까지도 사랑한 사람. 박정희 할머니는 그런 분이었다. 이런 부부가 있었기에 힘들고 아픈 사람들은 위로를 받았을 것이다. 이 세상이 좀 더 살기 좋은 곳이 되었을 것이다.

촬영이 시작되었다. 박정희 할머니와 나는 마루에 자리를 잡았다. 할머니가 매일 앉아 그림을 그리는 자리였다. 그녀는 스케치북을 펼쳐들고 테이블 위에 놓인 꽃을 수채화로 그리기 시작했다. 쓱쓱~. 너무나 가벼운 터치로 빠르게 그려나갔다. 그림 그리는 것을 얼마나 신나고 재미있어 하시는지 몇 시간씩 한 자리에 앉아 그리신다고 했다.

그녀는 67세라는 늦은 나이에 화가로 등단했고, 이 지역 여성과 아이들에게 수채화를 가르쳐주는 선생님이었다. 촬영을 간 날도 주부 학생들이 일찍이 선생님의 촬영을 응원하러 왔다. 방송국 손님들이 온다고 수박, 옥수수, 고구마 등의 간식을 싸들고 왔다. 엄마들 마음이었다. 이걸로 모자랄까, 너무 덥지 않을까 하는 염려에 얼음 동동 띄운 시원한 미숫가루까지 타놓았다. 할머니의 마음이 아래로 흘러 모두가 서로를 아끼고 챙기고 있었다. 엄마에게 좋은 일이 있다고 몰려온 딸들 같았다. 정작 어머니를 보러 온 따님은

저 뒤에서 조용히 미소를 띠고 있는데…. 사람 사는 곳 같았다. 참으로 다정했다. 주부들은 촬영 전 우리가 알아야 한다는 듯이 선생인 박정희 할머니에 대한 찬사를 늘어놓았다. 그녀가 주부들을 얼마나 격의 없이 따스하게 대하는지 알 것 같았다. 주부들이 그녀를 얼마나 사랑하는지도 느껴졌다.

그녀는 세상을 살아가는 지혜가 있다. 나이를 넘어서서 사람들과 어울릴 줄 알았다. 함께한다는 것의 지혜, 자신이 가진 재능을 이 사회에 먼저 베풀고 주민들의 사랑을 받는 삶의 이치를 몸소 보여주었다. 나이가 들어가면서 사회 속에서 어떻게 살아가야 할지, 내가 사람들에게 줄 수 있는 것이 무엇인지를 생각해보게 했다. 평생 그 많은 대가족을 건사하며 살아온 그녀이기에 가능한 일이 아니었을까.

그림을 그리고 있는 얼굴이 소녀 같다. 볼이 발그레하고 눈가엔 장난기가 가득하다. 삶의 고난이라곤 거치지 않은 아이의 표정. 아직도 세상은 살아볼 만하다는 호기심 가득한 눈빛이다. 어찌 그리 긴 세월을 이런 마음으로 살아갈 수 있었을까. 어찌 그 힘든 순간들을 몸에, 얼굴에, 표정에 새기지 않을 수 있단 말인가. 그때 그녀가 그리던 붓을 잠시 내려놓고 이런 말을 툭 던진다.

"'그림'이라는 말은 '그리워한다'는 말에서 나온 것 같지 않
아?"

아, 그림과 그리움. 비슷하다. 박정희 할머니의 말씀에 머리에
스치는 것이 있다. 할머니는 자신이 그리워하는 것이 있었기에 그
림을 그린 것이 아닐까. 그리워한다는 것은 무언가를 사랑한다는
말이니. 사랑은 그리움을 낳고, 그리움이 할머니로 하여금 그림을
그리게 한 것이다. 꽃을 사랑하고, 자기 앞에 있는 사물, 사람 하나
하나를 사랑하는 마음. 이런 마음이 없다면 그리워하는 마음은 생
기지 않았을 것이며, 어떤 그림이 될지 너무도 빤하다.

그녀가 23명의 대가족을 건사하고 5남매를 키운 것도 이런 마음
이 있었기 때문이 아닐까. 가족 한 사람 한 사람을 사랑하는 마음.
그들을 늘 그리워하는 마음. 그래서 일기장에 그들 하나하나를 정
성껏 그리는 마음. 이것은 그들을 사랑하며 자신을 희생하는 마음.
지금은 참 만나기 어려운 마음이다.

수채화를 완성하고 나서 그녀는 내게 귓속말로 '인생의 비밀' 하나를 알려주겠다고 한다. 참 사랑스럽다. 그녀가 갖고 있는 인생의 비밀이라니 무척 궁금해진다. 고개를 숙여 가까이 갔다. 그녀는 조용히 말을 한다.

"고통스런 세상을 사는 우리가 정 아플 때는 모르핀(진통제)을 맞는대. 그런데 모르핀은 중독이 된대. 나에겐 모르핀보다 수백 배 효과가 좋은 게 있어. 그게 바로… 엔돌핀이래. 호호호."

갑자기 말문이 막혔다. 지금까지 내색하지 않았지만, 무척 힘드셨구나. 그걸 잊고 싶었구나. 여성으로서 힘들고 어려운 삶을 살아내면서 그 고통을 그림을 그리면서 잊어왔구나. 그림이 그녀를 살려낸 거였구나. 그림을 그릴 때 나오는 기쁨, 즐거움이 엔돌핀이 되어 5남매를 키우는 어려움, 끝없이 이어지는 노동, 대가족과 함께 살아가는 버거움을 버텨온 거구나. 그림을 보면 천상 섬세하고 여린 여성인데, 현실에서는 강인하게 살아내야 하니 그림이라는 작은 숨 쉴 공간을 만들어 아픔과 고통을 잠시라도 잊어버리려 했구나. 삶의 고통을 그림이라는 아름다움으로 승화시킨 거였구나.

삶의 고통을 아름다운 그림으로 승화해내려는 그녀의 지혜에 깊이 감동했다. 힘든 세상살이를 내던지지 않고 마주하면서 최대한 지혜롭게 살아내려 한 그녀에 대한 연민이 가슴에 자르르 펴졌다. 나도 모르게 눈물이 흘러내렸다. 사람들이 왜 우냐고 묻는다. 눈물을 닦으면서 아무 말도 할 수 없었다. 이 마음을 설명할 길이 없었다. 나는 그날 이후 그녀의 삶을 조용히 내 삶의 모델로 삼았다.

몇 년 뒤 박정희 할머니가 돌아가셨다는 소식을 들었다. 인터넷 기사로 소식을 처음 접한 밤, 내 할머니의 부음을 들은 듯 가슴 아프게 울었다.

〈즐거운 책읽기〉 인터뷰

"

좌절과
우울 위에 쌓은
깊은 감수성

**발레리나 강수진의
노력과 의지**

"좌절, 우울,

고독, 외로움…

나를 항상 따라다니는

친구들이에요."

강수진

인터뷰 프로그램에서 가장 어려운 사람은 누구나 인터뷰하고 싶어 하는 스타다. 시사, 교양, 문화, 예능 프로그램의 경계를 넘어 많은 인터뷰를 한 대상. 강수진 국립발레단장도 그런 사람 중 하나였다. 고민이 많았다. 과연 우리 프로그램만의 색깔을 낼 수 있을까. 이미 많은 프로그램을 통해 자신이 얼마나 연습벌레인지, 어떤 과정을 거쳤는지 그녀가 하고 싶은 말은 다 했다. 며칠간 고민이 계속되었다. 그녀에 대해 정말 알고 싶은 것은 무엇일까. 그것을 찾아야 나만의 인터뷰를 해나갈 수 있다는 생각이 들었다.

인터뷰가 시작되었다. 나도 이번이 세 번째였다. 어린 시절 이야기부터 시작되었다. 그녀는 수줍음을 많이 타는 말 없는 소녀였다. 지금과는 비교도 안 될 만큼 내성적인 성격. 중학교 졸업 무렵 모나코 왕립학교 교장 선생님에게 발탁되어 유학길에 올랐다. 교장 선생님은 강수진의 남다른 감수성, 그녀에겐 '특별함'이 있음을 한눈에 간파했던 것이다. 예상치도 않게 떠난 모나코 유학. 예민한 성격 탓인지 음식은 입에 맞질 않았고, 말도 전혀 알아들을 수 없었을 뿐 아니라, 하고 싶은 말을 표현할 수도 없었다. 오직 부모님이 계신 한국으로 돌아가고만 싶은 마음뿐이었다.

"매일매일 울었어요. 살아남기 위해 연습에 매달릴 수밖에 없었지요. 그날도 기숙사 불은 꺼지고 살금살금 연습실로 올라가 새벽 달빛을 받으며 연습을 했어요. 그곳 창문이 아치 모양으로 참 멋있는데, 저에겐 감옥처럼 느껴졌고, 연습을 하다가 달빛 아래서 또 울었어요."

유학 초기 2년 동안 그녀는 울기만 했다. 교장 선생님이 부모님만큼 사랑해주시고 붙잡아주시지 않았다면 힘든 유학 생활을 견디지 못했을 것이다. 그래도 연습하는 순간만큼은 재미있었다. 대회나 콩쿠르 자체를 즐겼다. 몇 등을 하겠다는 목표가 있는 것도 아니었고, 남과 자신을 비교하지도 않았으며, 지나친 경쟁의식이 있는 것도 아니었기에 긴장하거나 스트레스 없이 좋은 성적을 냈다. 세계가 그녀를 주목하게 만든 스위스 로잔 콩쿠르 우승이 바로 이런 결과물의 하나였다. 게다가 동양인 최초의 우승이었기에 이목이 집중되었고 세계 유수의 무용단의 입단 권유가 이어졌다.

힘든 유학 생활을 견뎌낸 그녀에게 주어진 선물 같은 순간이었다. 하지만 그녀는 섣부른 판단을 하기보다 부모와 같은 교장 선생님의 뜻에 따라 모나코 왕립학교에 좀 더 머물기로 했다. 그리고 1년 뒤 세계 최고의 독일 슈투트가르트 발레단에 동양인 최초로 입단하게 되었다.

독일 슈투트가르트 발레단에서의 삶은 사람들 기억처럼 화려하지만은 않았다. 한 단계를 올라섰다고 안도의 한숨을 쉬기엔 일렀다. 또 다른 시련이 길목을 지키고 있었다. 독일에 도착하여 단원 생활을 시작해야 하는데 숙소조차 얻기 쉽지 않았다. 반 지하 공간이라도 마다할 수 없었다. 새로운 삶이 녹록지 않음을 예견한 것인가. 해는 거의 들지 않고, 습하고 곰팡이가 피는 공간. 어둡고 습한 그곳에서 차가운 빵 한 조각을 뜯으며 마음도 돌덩이처럼 굳어만 갔다. 삶이 우울하게 다가왔다. 주연을 꿈꾸고 독일 발레단에 들어왔지만, 그녀는 발레단 내 수많은 무용수 가운데 한 명에 불과했다. 아무도 그녀를 주목하지 않았다.

주연을 빛내주는 군무 생활만 장장 7년. 길고도 지루한 시간이 이어졌다. 솔로가 되고 나서도 3년 동안 군무를 함께 추었다. 군무

생활을 10년 동안 해온 것이다. 누가 그녀의 슈투트가르트 발레단 생활이 이 같은 기다림의 시간이었을 거라고 상상이나 했을까. 하지만 주연 뒤에서 군무를 추면서 그녀는 주연 혼자 잘 춘다고 작품이 잘될 수 없다는 사실을 깨달았고, 군무의 소중함을 알게 되었다. 거북이처럼 느릿느릿 올라섰지만 발레라는 것을 차분히 생각하고, 이해할 수 있는 시간이었다.

막상 주연을 맡고 나서는 그 자리의 소중함이 절실하게 느껴졌다. 그래서 맡은 배역을 잘 표현하기 위해 책을 꼼꼼히 읽고 분석하기 시작했다. 이렇게 만들어진 줄리엣이 그녀가 맡은 첫 번째 주인공이었다. 그녀는 자신만의 줄리엣을 만들어냈다. 그녀의 발레를 보고 있자면, 그녀가 표현하는 배역의 감정이 먼 자리에 앉아 있는 나에게까지 고스란히 전해졌다. 그녀의 춤은 즉흥적으로 해석되어 나온 것이 아닌 머리와 몸, 노력과 재능, 삶과 꿈이 녹아 있어 그랬나 보다. 그녀의 춤은 남다를 수밖에 없었다.

그녀는 계속 수많은 상을 섭렵해나갔다. 마침내 무용계 아카데미상이라 불리는 '브누아 드 라 당스Benois de la Danse'의 '최고 여성 무용수상'을 받는다. 발레리나 최고의 영예를 거머쥔 절정의 순간에 그녀에게 다시 검은 그림자가 드리워졌다. 심각한 골절로 의사를 비롯한 모든 사람이 무용을 그만두어야 한다고 한 것이다. 사실 그녀는 5년 전 이미 뼈에 금이 간 상황이었다. 발레는 부상이 늘 따라다닌다. 연습이나 공연 중 사고가 많고, 다쳐도 이를 악물고 지낸다. 그녀도 그랬다. 그녀는 걷지도 못하는 상태에서도 공연은 너무나 멀쩡히 해낼 때가 더 많았다. 정말 지독하게 참았다. 5년 동안 부상 위에 또 부상이 이어졌고, 뼛속은 다 곪아 있었다. 이를 치료할 수 없다면 그녀는 무용은커녕 걸을 수도 없는 상태였다. 하필 이 순간에. 수상 소식과 함께 전 세계에서 러브콜이 이어지는데. 원하는 나라, 원하는 무대에서 재능을 맘껏 보여줄 순간이 코앞에 다가왔는데 말이다. 이 같이 삶이 나를 배신하는 순간이 또 어디에 있을까.

좌절의 늪을 허우적거리고 있을 때, 선배 무용수였던 남편이 그녀를 격려하며 곁을 지켰다. 시간을 두고 노력해보자고. 이 시간이 너에게 보배 같은 순간이 될 수 있다고. 그는 같은 무용수였기에 그녀의 심정을 누구보다 뼛속 깊이 이해했다.

그녀는 하루 종일 누워 있었다. 생각하면 할수록 자포자기(自暴

自棄) 심정이 되었다. 회복이 안 된다면, 아니 회복이 되더라도 언제 그 전의 상태, 전성기 상태로 돌아갈 수 있을까. 모든 게 불가능하게만 보였다. 남편의 어떤 희망적인 이야기도 귀에 들어오지 않았다. 화만 났다. 분노가 일었다. 왜 나에게, 이 순간에 이런 일이 생긴 걸까. 무용수로서 절정의 순간에 자신을 완전히 컴컴한 바닥까지 내려놓아야 하다니. 인간으로서 받아들이기 힘든 순간이었다. 가혹한 일이었다.

6개월 후 검사를 하기 위해 병원을 찾았다. 뼈가 조금도 안 붙었다. 조금도. 거 봐, 안 붙는다니까. 안 된다니까. 그녀는 모든 걸 남편에게 쏟아냈다. 그는 아프고 힘들고 상처받은 그녀를 다 받아주었다. 그녀가 아픔을 뱉어내고 나면 다시 일어설 거라 믿으면서. 그리고 기다렸다.

다시 3개월이 지나 엑스레이 촬영을 했다. 만약 이번에도 안 붙는다면 포기하지 않을 수 있을까. 이제 그녀 자신조차 믿을 수 없었다. 그 순간 의사 선생님이 아주 미세하게 몇 밀리미터가 붙었다고 하는 게 아닌가. 믿어지지 않았다. 정말 붙었어? 붙었다고? 정말? 그럼 앞으로 붙을 수 있다는 말이잖아! 그녀의 가슴 안에 다시 한 번 시작해보자는 의욕이 불같이 일어났다. 물론 재활은 쉽지 않았다. 근육이라곤 다 빠진 몸에 완벽한 무용수의 근육을 다시 만들어야 했으니까. 하지만 곁을 지켜주는 남편의 채찍질로 그녀는 톱스타였던 그녀의 자리로 돌아갈 수 있었다. 어렵고도 지난한 여정이었다. 힘든 과정을 거쳤기에 그녀는 지금 자신의 삶이 보람되고 소중하게 여겨진다고 했다. 그리고 발레는 '도를 닦는 과정'과 같다고 웃으며 말한다. 여기에 한마디를 덧붙인다.

"좌절, 우울, 외로움, 고독… 저를 항상 따라다니는 친구들이에요. 친구가 참 많지요?"

그녀의 유머가 허투루 들리지 않았다. 폭풍우를 다 견디고 난 한 그루 나무처럼 햇살 아래에서 이슬에 반짝이는 것만 같았으니까. 누가 지금의 모습을 보고, 컴컴하고 두렵고 한 치 앞도 안 보이는 폭풍이 불던 순간을 떠올릴 수 있으랴. 비바람이 꺾어놓은 가지와 떨구어놓은 잎새들을 그녀는 잊지 않았다. 발레는 그녀의 삶을 그대로 보여주는 것이고, 인생 자체였기 때문이다.

자신을 받아들이는 것, 삶의 굴곡을 있는 그대로 따라가는 것,

그것은 분명 용기를 필요로 한다. 운명에서 도망가지 않겠다는 굳은 결의가 없다면 불가능한 일이다. 강철 나비. 그녀를 표현한 그 한마디에는 그녀의 '삶의 의지'가 빛나고 있었다.

   또 다시 생각하고 싶지 않은, 그 힘들고 어려운 기억을 꺼내어 준 그녀에게 깊은 감사를 전한다.

<한국 한국인> 인터뷰

"

나만의 수,
나만의 길

아들 이세돌 9단의 오기

"바둑은 예술이다.
둘이 만들어가는
하나의 작품이다.
모방을 잘한다고
예술이 되는 게 아니다.
자신만의 생각을 담은
수를 두어라."

이세돌 아버지

문을 열고 들어오는 이세돌 9단의 모습은 흔히 말하는 '역전의 승부사'라기보단 소년 같았다. 살짝 수줍어하며 짓는 미소는 낯선 공간에 들어왔을 때의 어색함을 달래기 위한 것으로 보였다. 어린 시절이 떠올랐다. 지금은 내 안 깊숙이 숨겨놓은 수줍음. 그때는 낯을 많이 가리고, 낯익은 사람이 없으면 말수가 거의 없었다. 그도 그럴 것이다. 나는 차 한 잔을 준비해오겠다고 하고 대기실을 나왔다. 그가 편하게 그 공간을 익힐 시간을 주고 싶었다. 성급하게 다가가는 건 낯을 가리거나 수줍음이 많은 사람을 구석으로 모는 행위다.

　따뜻한 차를 들고 들어서니, 그는 조금 편안해져 있었다. 차를 한 모금 마시며 그는 자신이 말을 잘하질 못한다고 고백한다. 인터뷰에선 수려한 말솜씨가 그리 중요하지 않다. 바둑에 대해 그가 가진 생각과 경험이 중요하다. 그의 초롱초롱한 눈빛은 그가 바둑판 위 돌 하나하나를 놓치지 않듯이 인생의 문제도 그렇게 마주해왔을 거라는 짐작이 들게 했다. 그와의 대화가 기대되었다. 설레는 마음으로 스튜디오로 들어갔다.

센돌, 이세돌 9단. 조명이 켜지고 제작진이 주위를 둘러싸고 이 공간은 그에겐 적진이다. 하지만 조용하고 차분하며 흔들리지 않는 안정감이 느껴진다. 아마 바둑을 둘 때의 그도 이럴 것이다. 외향적인 사람은 목소리를 높이지만 다소 불안한, 떠 있는 분위기가 느껴지기 쉽다. 내향적인 사람은 소리를 작게 내지만 사실은 차분하다. 기준이 밖에 있지 않기 때문이다. 그렇다 보니 어지간해서 떨지 않는다. 그의 근황 이야기로 우리의 대화는 문을 열었다. 구리 9단과의 경기, 상대와 자신에 대한 평가, 경기 내용을 설명하는데 참 솔직하다. 미화하거나 과장함 없이 담백하지만 냉정하고 객관적인 화법이 느껴졌다. 성격이 말 한마디에서도 묻어났다.

바둑을 처음 둔 순간에 대한 이야기로 화제가 바뀌니 말투는 더욱 부드러워진다. 어린 시절의 훈훈한 기억이 떠올라서인 듯하다. 바둑돌을 쥔 게 여섯 살. 바둑을 좋아하는 아버지의 영향으로 형과 누나들 모두 바둑을 배웠다. 여섯 살 개구쟁이가 처음부터 바둑에 빠진 건 아니었다. 맘껏 뛰어놀고 싶어 바둑판으로부터 3개월 정도를 도망 다녔다. 바둑이 재미있어진 데는 이유가 있었다. 여섯 살 막내가 나이 많은 형, 누나들을 이기기 시작하면서부터였다. 어린 나이에 한두 살 나이차는 의외로 크게 느껴지는 법. 바둑판 위에선 그런 큰 형, 누나의 코를 납작하게 만들 수 있었다. 이런 세계가 있다는 게 신기했다. 그때부터 바둑에 빠졌다. 비금도 소년의 바둑 사랑은 이렇게 시작되었다. 그 후로 이세돌은 조훈현 9단의 경기하는 모습을 가슴에 담고 바둑의 길로 들어선다.

바둑 신동, 비금도 소년. 그의 바둑에 사람들은 주목했다. 보통 남이 둔 바둑을 답습하면서 훈련을 하는 관행과 달리 이세돌은 혼자 흑백을 번갈아 두며 자신만의 수를 찾아갔다. 창의적이고 독창적인 수를 두는 비금도 소년은 3년 만에 드디어 프로로 데뷔한다. 아무리 '바둑 신동'일지라도 프로로 데뷔하고 나니 그냥 한 명의 프로기사일 뿐이다. 프로의 세계는 그렇다. 경기 하나하나의 승패로 말할 뿐이다.

열세 살 사춘기 소년은 고향 비금도를 떠나와 형과 함께 낯선 서울에 머물렀다. 사춘기라는 예민한 시기에다 성과는 나오지 않자 극심한 스트레스로 그는 결국 실어증까지 겪는다. 그에겐 정말 힘든 시기였다. 마침 그 힘든 시기에 형의 입대로 누구의 보살핌도 받지 못한 채 어려움은 커져만 갔다. 방황은 이어졌고 성적은 계속 신통치 않았다. 그렇게 지낸 지 몇 년 후 아버지가 돌아가셨다. 그에게 바둑돌을 처음 쥐어준 사람도 아버지였고, 그의 바둑 세계를 만들어주신 것도 아버지였다. 아버지의 죽음은 그의 바둑 생활의 커다란 전환점이 되었다.

"제가 프로 데뷔하고 4년차까지 성적이 별로 안 좋았어요. 그 때 아버지가 돌아가셨죠. 너무나도 슬픈 일이었지요. 그 순간 가장 후회되는 게 아버지께서 저의 좋은 모습을 못 보고 가셨다는 거였어요. 그때까지 놀기도 많이 놀았거든요. 그 모든 게 엄청나게 후회가 됐어요. 좀 더 열심히 할 걸, 좋은 모습을 좀 보여드릴 걸… 많은 생각이 들었어요. 그때부터 '오기' '독기' 같은 게 생겼고요. 그래서였는지 그다음 해부터 바둑이 발전했고 성적이 나오기 시작했어요."

그는 아버지 이야기를 하면서 잠시 목소리가 촉촉이 젖어들었다. 아버지를 그리워하는 마음, 지금같이 자랑스러운 모습을 보여드리지 못한 안타까움이 전해져왔다. 그에게 바둑을 처음 가르쳐

줬던 스승인 아버지, 그가 가장 존경하는 사람인 아버지, 그가 잘 해내리라 늘 믿어주신 아버지 앞에 타이틀 하나 안겨드리지 못했다는 자성이 그를 변하게 했다. 절실해졌다. 물러서지 않았다. 이렇게 그는 진정한 승부사로 태어났다.

승부의 세계에선 물러설 곳이 없다. 승자가 아니면 패자다. 냉정하고 차가운 승부의 세계에서 살아남기 위해서 '오기'와 '독기'가 필요하다.

맞다. 그에겐 '독기'가 있다. 알파고와 세기의 대결을 펼칠 때가 떠오른다. 인간 대 인공지능의 대결. 인공지능 알파고가 승률을 계산해가며 이세돌 9단을 파죽지세로 밀어붙이고 있을 때, 모두가 TV 화면을 지켜보며 숨을 죽였다. 곧 다가올 미래의 우리 모습을 보는 것 같아 참담했다. 인공지능이, 컴퓨터가 우리를 앞서가고 있다는 사실이 믿기지 않았다. 이와 함께 이세돌 9단이 단 한 판만이라도 이기길 바라는 마음은 간절해져만 갔다. 그에겐 그런 바람은 압박감으로 다가왔을 것이다. 이미 3국을 이긴 알파고. 숨죽이며 한 수 한 수를 지켜보던 4국. 백을 쥔 이세돌 9단은 절대 포기하지 않고 78수에서 판세를 결정하는 기막힌 수를 둔다. 구글의 딥마인드 수석 연구원 실버 박사는 0.007%라는 희박한 확률을 찾아낸 인간의 두뇌에 감탄했다고 말할 정도였으니. 이 말은 거의 만 분의 일에 달하는 수를 인간의 직관으로 찾아낸 거라고들 말했다. 그가 어떻게 그런 수를 찾아냈을까.

그의 집념, 독기, 오기가 끝까지, 결정적인 묘수를 찾을 때까지 절대 포기하지 않도록 그를 붙들어준 것이다. 그가 가장 사랑하고 존경하는 아버지가 하늘에서 보고 있기에 이세돌은 절대 포기하지 못했을지도 모른다. 희박한 확률을 뚫고 찾아낸 묘수. 절대 포기하지 않겠다는 한 인간의 집념이 끝까지 물고 늘어져 결국 방법을 찾아냈다.

"바둑은 예술이다. 둘이 만들어가는 하나의 작품이다. 모방을 잘한다고 예술이 되는 게 아니다. 자신만의 생각을 담은 수를 두어라."

평생 아버지가 이세돌 9단에게 강조했던 말. 이것을 이세돌 9단은 바둑 철학으로 갖고 있었다. 이 같은 바둑 스타일이 알파고와의 대결에서 일승을 가능하게 했던 게 아닐까.

멋진 작품을 만들 듯 한 수 한 수에 엄청난 공을 들여 완성해나가는 바둑. 남의 것을 슬쩍 '모방'하고 타협하는 것이 아니라 나만의, 나밖에 그 누구도 둘 수 없는 이 세상에 단 하나밖에 없는 수를 생각해내는 바둑. 작품 전체로서의 창의성뿐 아니라 작은 한 부분까지도 놓치지 않는 섬세함을 갖춘 바둑. 이런 경지라면 '예술'이라고 말하지 않을 방법이 있을까.

나만의 수, 나만의 길.

이것은 결코 쉬운 것은 아니다. 아무도 주목하지 않거나, 모두가 아니라고 하거나, 험난한 길이라면 그 길을 묵묵히 끝까지 갈 수 있는 사람은 몇이나 될까.

"저는 늘 흐름을 탑니다. 돌이 가야 할 길이 있어요. 저는 그것을 중요시하지요. 그 길이 득(得)이 아니라고 해도 돌아갈 순 없는 거잖아요. 제가 맞는다고 생각하면 그 길을 가지 않을 수가 없지요."

바둑을 흔히 인생에 비유하지 않던가. 바둑을 두는 스타일도 그가 인생을 사는 방식과 같지 않을까. 설사 길이 없다 할지라도 내가 가야 할 길이라면 묵묵히 가는 것. 그의 한마디가 마치 세상을 많이 살아낸 인생 선배에게 듣는 따끔한 일침과 같았다.

그는 바둑판 위에서 삶을 어떻게 살아야 하는지, 어떻게 받아들여야 하는지를 다 깨달아버린 것 같았다. 그의 아버지는 그가 바둑만이 아닌, 인생을 사는 그만의 길을 이렇게 깨달을 거라는 걸 이미 알고 계셨던 게 아닐까.

그가 걷고 있는 그만의 길을 조용히 응원한다.

〈한국 한국인〉 인터뷰

독서 .. 느끼고 이해하기

'공감(共感)'은 '소통'에 가장 중요한 것이다. 아무 느낌이 없는 대화가 이어진다면 대화가 무슨 의미일까.

나는 누군가와 이야기를 하면서 느낌이 오는 순간을 중요하게 생각한다. 뭔가를 서로 주고받았다는 느낌, 교감했다는 느낌이 올 때면, 마치 내 몸이라는 코드에 콘센트를 끼운 것처럼 불이 번쩍 들어오면서 한 구석이 따스해지는 느낌이 든다. 전류가 그와 나 사이에 통하는 것처럼. 이건 내 느낌만이 아니다. 서로가 느끼는 것이다. 너와 나, 우리는 이제 이전으로 돌아갈 수가 없다.

'공감'이란 단어는 독일어 'einfühlng'에서 왔다. '**~속으로 들어가서 느끼다**'라는 뜻이다. 테오도어 리프스라는 독일 철학자가 예술작품과 자연 '속으로 들어가 느낄' 수 있는, 이성보다 '감정적으로 이것들에 반응할 수 있는 능력'을 지칭하는 미학 개념으로 사용했다가 대중에게 퍼졌다. 미국의 심리학자 에드워드 티치너에 의해 'empathy'라는 지금의 단어로 사용되고 있다.[1]

어원을 살펴보니, 공감은 '내가 네 속으로 들어가 느낀다'는 의미로 해석될 수 있다. 네 속으로 들어가 느낀다는 것은 무엇일까. 심리학적으로 보자면 '인지적 측면'과 '정서적 측면'에서 생각해 볼 수 있다.[2]

인지적 측면은 자신과 다른 '상대의 입장'에서 상황을 이해하는 것을 말한다. 이것을 '**관점 수용으로서의 공감**'이라고 한다. 예를 들면, 누나와 남동생이 놀다가 남동생이 우는 것을 보고 누나가 자기가 들고 있던 강아지 인형을 무심코 주면서 달래는 것이 아

1
로먼 크르즈나릭, 《공감하는 능력》, 더퀘스트, 2014, 51쪽.

2
로먼 크르즈나릭, 《공감하는 능력》, 더퀘스트, 2014, 52~53쪽.

니라, 평소 남동생이 좋아하는 고양이 인형을 가져와 달래는 것이다. 누나의 행동이 자신이 하고 싶은 대로 하는 게 아니라 남동생의 입장에서 생각해보고, 그에 맞춰 하는 것을 의미한다. 이에 비해 정서적 측면은 다른 사람의 '감정을 공유하거나 반응'하는 것을 말한다. 그래서 **'공유된 감정적 반응으로서의 공감'**이라고 한다. 이것은 부모가 자식이 아파서 우는 것을 보며 자신이 더 아픔을 느끼는 상태를 말한다.

상대와 이런 공감을 하기 위해서는 어떻게 해야 할까. 먼저 상대 입장 속으로, 상대의 감정으로 들어가야 한다. 그러나 가까운 사이여서 그 사람의 스토리를 다 알기 전에 상대의 입장이나 감정을 이해하기란 어렵다. 설사 친한 사이라 하더라도 어려울 때가 많거늘. 그만큼 인간은 자기 자리, 자기 감정을 벗어나기가 어렵다.

그래서 우리가 서 있는 자리에서 상대가 있는 자리로 도약(跳躍)해야 한다. 20여 년의 방송 경험으로 미루어볼 때 **타인을 향한 도약**은 결코 쉬운 일은 아니다. 저절로 이루어지는 게 아니기 때문이다. **상상력(想像力)이라는 날개**를 달아야 겨우 가능해지기 때문이다. 나와 너 사이엔 분명 틈이 존재한다. 이 틈을 메워야 상대로 건너갈 수 있다. 우리는 상상력으로 그 틈을 메워야 한다. '내가 만약 너라면…'이라고 상상하면서 상대를 이해해 나가야 한다. 상대의 이야기가 한 켜, 나의 상상이 한 켜, 또 상대의 이야기가 한 켜, 또 나의 상상이 한 켜… 현실과 상상이 씨실과 날실이 되어 완전한 이야기를 만들면서 상대를 이해해 나가야 한다.

3
김사인, 《시를 어루
만지다》, 도서출판 b,
2013, 18쪽.

김사인 시인은 《시를 어루만지다》에서 '상상력'에 대해 알기 쉽게 설명한다.[3] '1598년 11월 18일 노량해전에서 왜군을 섬멸하였으나, 이순신 장군은 독전하던 중 애석하게도 적의 유탄을 맞아 전사했다'는 한 문장의 역사적 사실이 있다면, 우리는 무엇을 상상해야 하는지를.

문학은, 문학적 상상력은 이런 표피적인 사실에 만족할 수 없다. 안으로, 더 깊이 들어가려 한다. 그러기 위해서 많은 것을 알아야 한다. 그러므로 많은 것이 궁금해진다. 그날 새벽 이순신의 조반상 위에는 어떤 음식이 올라왔는지부터 그날 그의 심경은 어떠했는지, 그날 바다의 빛깔은 어떠했고, 이순신의 그날 옷차림은 어떤 것이었는지, 그가 방문을 나설 때 그의 수염이 동짓달 바닷바람에 어떻게 휘날렸는지, 휘하 병사들 하나하나는 어떤 표정을 짓고 있는지, 이순신은 전사하는 마지막 순간 무엇을 떠올렸을지 등을 말이다. 이런 질문은 역사적 사실을 더 풍성하게 해주는 것은 물론이고, 이순신이라는 사람에 대해 깊이 이해하게 만든다. 문학은 우리가 이해하기 어려운 인물상을 세세하게 그려서 결국 사람에 대한 깊은 이해와 공감을 이끌어낸다.

우리도 한 사람의 말 한마디와 현실 상황 하나하나에 호기심을 가져야 한다. 많은 질문을 품어야 한다. 거기에 상상력이란 색을 입혀야 한다. 그가 왜 오늘따라 말이 없는지, 그가 왜 오늘은 표정이 어두운지, 왜 밥을 한 술도 안 뜨는지, 왜 벌건 눈을 하고 나왔는지… 아주 작지만 미세한 변화를 놓치지 않아야 하고, 그 이유를 상상해보아야 한다. 그래야 그를 진정 이해하는 길로 들어설 수 있다. 이런 문학적 상상력이 없었다면, 우리는 서로 '공감'하지 못했을지도 모른다. '공감'은 상대를 향한 **'상상력'**을 토대로 해야 한다. 그래서 '공감'은 **'상상력을 동원한 도약'**이다.

> **"자신의 생각이 이끄는 대로 따라가다 보면 어느 순간 엄청난 도약을 하게 된다. 마음이란 순식간에 위대한 도약을 할 수 있는 능력을 가지고 있다. … 어느 한순간 비약적으로 튀어오를 것이다."** [41]

4
나탈리 골드버그, 《뼛속까지 내려가서 써라》, 한문화, 2000, 72쪽.

평소 내가 만나는 사람의 범주를 넘어서서 공감하고자 할 때 가장 좋은 방법은 '독서'라고 생각한다. 특히 '소설'을 읽는 것이다. 내가 깨달은 가장 좋은 '공감 훈련법'이다. 나는 서른에 소설을 다시 만났다. 어린 시절 책을 좋아하긴 했지만, 이때 비로소 소설이 내 삶으로 들어왔다. 일찍 결혼하고 아이를 낳으며 꿈은 뒤로 한 채 하루하루 무의미하게 지내고 있었다. 회사와 가정을 병행하며 육체적으로, 심적으로 힘들었다. 육체적으로는 아이를 키우다 보니 잠이 부족했고, 항상 집에 묶여 있어야만 했으며, 심적으론 너무 어렸다. 무언가 의지할 곳만 찾으며 제대로 된 내 삶의 의미를 찾지 못하고 있었다. 그뿐 아니었다. 도대체 나란 사람이 누구인지도 전혀 몰랐다. 그렇게 힘들어만 하던 중 우연히 책을 만났다. 그것도 우연히도 힘든 삶을 사는 사람들의 이야기를 읽게 되었다. 힘들게 살아가는 엄마, 아내 등등의 여성들의 이야기를 읽게 되었다. 그들의 삶에서 내 삶이 보였다. 그들의 삶이 느껴졌다. 삶은 누구에게나 무거운 것이라는 사실도 다시금 느꼈다. 인생에 대해서도, 한 여성으로 살아가는 것에 대해서도, 인생에서 행복이 무엇인지, 일이 내게 어떤 것인지, 인간 정용실은 어떤 사람인지, 내가 기억하는 것은 무엇이고, 무엇을 두

러워하는지, 무엇을 사랑하는지, 내 감정이란 무엇인지 등등에 대해서 수많은 주인공과 작가들의 이야기를 통해 생각을 해보게 되었다.

내 삶은 평범하고, 좁고, 치우쳐 있다. 이런 삶으로 방송을 하며 다양한 사람을 인터뷰한다는 것은 불가능한 일이다. 척박한 경험이 없으니 당연히 그들을 이해할 수 없고, 그들과 더 깊은 이야기는 불가능할 수밖에 없다. 그나마 책에서 만난 수많은 사람을 통해 이들의 삶을 상상할 수 있게 되었고, 조금씩 이해하고, 서서히 느끼게 되었다. 소설이 넓혀준 내 시야, 내 가슴이 있었기에 겨우 방송을 할 수 있었다.

"훌륭한 소설은 공감을 만든다. 당신을 다른 곳으로 데려가 다른 사람의 눈으로 바라보고 살도록 하는 것이다."
- 바버라 킹솔버(작가)

이렇게 7년여 소설을 읽었을 무렵 여성 프로그램을 맡았고, 프로그램에서 여성들의 이야기를 제대로 들을 수 있었다. 그들의 아픔도, 외로움도, 무력함도. 한 권의 소설을 낱낱이 읽듯 '사람책'을 하나씩 읽어갈 수 있었다. 소설의 주인공이 한 행동이 그의 삶, 타인의 삶, 그리고 사회에 어떤 영향을 주고, 어떤 의미를 가지는지 해석해보는 것처럼, 한 사람의 인생 이야기를 들으며 나름대로 영향과 의미를 해석해보고, 상상해보게 되었다. 그렇게 프로그램은 만들어졌다.

우리는 삶에서 겪는 다양한 '경험'을 통해 사람들을 이해하기 시작한다. 폭을 더 넓히기 위해 '인간관계'를 넓히기도 하고, '여행'을 가기도 한다. 여기서 멈추어선 안 된다. 더 깊게 이해하기 위해 '독서'를 해야 한다. 작가의 통찰과 직관을 통해 경험해보지 못한 한 인간의 심연을 들여다보고 와야 한다. 사람의 이야기를 넓게, 깊게 느껴보고, 상상하면서 공감은 훈련된다.

공감은 배울 수 있다, 키울 수 있다.

공감 훈련 2

은유: 해석하기, 의미 부여하기

공감을 훈련하는 가장 손쉬운 방법은 독서, '소설 읽기'다. 언제 어디서나 잠시 시간만 나면 책으로 들어가 인물들의 감정을 느끼며 공감을 훈련할 수 있으니 말이다. 예로부터 이야기는 인생을 시뮬레이션 해보는 중요한 도구였다. 인생을 주인공처럼 선택할 때 오는 결과를 미리 겪어보기도 하고, 주인공처럼 사랑에 실패를 해보기도 하며, 억울하게 전쟁에서 부모나 형제를 잃는 대리 경험을 하면서, 삶을 배우게 했다. 소설 읽기는 '공감'만이 아니라 '인생의 지혜'를 얻을 수 있는 중요한 방법이다.

놓쳐서는 안 될 한 가지가 있다. 소설을 읽으며 공감을 제대로 배우려면, 무엇보다 감정이입의 과정을 '아주 섬세하고 깊이' 들어가 봐야 한다는 것이다. 얼마만큼 깊고, 얼마만큼 세밀하게 들어가느냐에 성공 여부가 달려 있다.

산도르 마라이의 《열정》이라는 소설을 예로 들어보자. 이 소설은 한 남자가 부인을 뺏어간 원수이자 절친한 친구를 기다리는 하루 동안의 일을 쓰고 있다. 소설에 담을 수 있는 시간은 오직 하루 24시간, 작가가 그날 벌어진 일과 주인공의 감정만으로 책 한 권 분량을 채우기란 불가능했을 것이다. 작가의 상상력은 여기서 날개를 단다. 절친의 이해할 수 없는 행동의 이유를 알려고 과거를 샅샅이 살펴보고, 겉으로 드러난 감정 뒤에 숨은 감정까지도 캐내며, 부인의 과거 행동과 친구의 대화가 어떻게 연결되는지를 추리해본다. 시간과 장소를 종횡으로 누비며 주인공과 주변 인물들을 하나하나 파고 들어가고 있었던 것이다. 공감 훈련의 첫 번째인 **'소설 읽기'**는 '다른 인생에 대한 깊이 있는 파고들기'라고 할 수 있다. 이 훈련을 통해 우리는 내 자신을 비롯한 타인의 표피적인 감정이 아닌 깊은 정서까지 이해할 수 있게 된다.

공감 훈련 두 번째 방법은 무엇일까. 바로 '은유metaphor'다. 은유라고 하니 제일 먼저 시(詩)가 떠오른다. 그리고 A라는 사물을 전혀 다른 B라는 사물에 비유하는 것. 사전에서는 '행동, 개념, 물체 등이 지닌 특성을 그것과는 다르거나 상관없는 말로 대체하며 감정적, 암시적으로 나타내는 일'이라고 적고 있다. 어떻게 은유하는 것이 공감을 훈련할 수 있는 걸까. 먼저 공감과 혁신 전문가인 임승찬의 《Realizing Empathy》에 적힌 공감의 정의를 자세히 살펴볼 필요가 있다.

"공감이란 나의 사건을 경험하는 우리의 잠재력을 설명하는 방법이다. 공감할 때, 우리는 타인의 경험을 이해하고 내 것으로 만드는 것처럼 느낀다. 공감은 타인을 그가 처한 맥락과 함께 보는 것이자 타인의 상황이 잘 보이는 지점에서 지켜본다는 것을 의미한다."

일단 공감을 우리가 개발할 수 있는 '잠재력'이라고 보는 냉철한 시각과 타인의 경험을 내 것으로 만드는 '시뮬레이션' 과정으로 보는 예리함이 눈에 띈다. 가장 중요한 대목은 사실 뒷부분에 있다. 우리는 흔히 공감이 상대를 잘 이해하는 것에 머무른다고 생각한다. 그래서 아무리 공감을 잘해도 우리네 인생에 영향을 미치지 못한다고 생각한다. 하지만 저자 임승찬은 그렇지 않다고 말하고 있다. 공감을 '이해'와 '체화(體化)'의 수준에서 끌어올리려 하는 것이다. 그러기 위해 타인을 그가 처한 맥락 속에서 봐야 한다고 말한다.

나는 어떤 순간에 자신에게 한 발 떨어져 내가 처한 맥락과 함께 보았던가? 힘들고 고통스러울 때였다. 나는 고통스러울 때면 글을 썼다. 일기든 뭐든 글을 써야 내가 객관적으로 보였다. 내가 힘들 때, 그 안에서 계속 허우적댔다면 과연 그 상황 속에서 벗어날 수 있었을까. 한 발 나와 전체 상황 속에서 나의 고통을 들여다보니 고통이 내게 진정 의미하는 바가 보였다. 고통의 의미를 해석하다 보면, 어느덧 나는 상황을 받아들이게 된다. 내 삶을 다시 살아낼 만하다고 여기게 되는 것이다.

타인을 진정으로 이해하는 데도 마찬가지가 아닐까. 타인이 처한 맥락 속에서 그의 감정과 생각을 이해할 때, 그를 정확하게 이해하게 된다. 인터뷰 프로그램을 하면서 출연자의 자료를 가능한 많이 읽는 이유도 바로 그가 어떤 상황과 맥락에 처했었는지를 이해하고자 함이다.

홀로코스트에서 살아야만 하는 이유를 끊임없이 질문했던 생존자 빅터 프랭클은 《죽음의 수용소에서》에서 '의미'를 찾는 행위는 우리 '안'이 아니라, '밖'에서 이루어져야 한다고 지적했다.

"내가 강조하고 싶은 것은 진정한 삶의 의미는 인간의 내면이나 그의 정신에서 찾을 것이 아니라 이 세상에서 찾아야 한다는 것이다."

인간은 어떤 상황에서든 '의미'가 있다면 견딜 수 있고, 살아갈 수 있다. 그만큼 우리 삶을 해석하여 그 안에서 의미를 찾는 행위는 중요하다. 진정한 공감은 타인의 감정에, 고통에, 아픔에 같이 빠져 있는 것이 아니라 밖으로 나와 맥락과 상황 속에서 의미를 찾아내는 것이다. 이것은 단순한 위로에 그치지 않는다. 내 문제를 대하는 것과 같은 책임감이 느껴진다. 이 대목이 공감을 단순히 서로 통하고, 서로 이해하는 수준에 머물게 하지 않는 중요한 지점이다. '공감'이 우리에게 반드시 필요한 이유기도 하다.

그렇다면, 은유가 상대에 대한 '의미'를 찾고 '해석'하는 것과 어떤 관련이 있다는 말인가.

시인 장석주는 《은유의 힘》에서 **"은유라는 한에서 문장은 사실을 넘어서서 사유를 무한 확장하는 힘을 갖는다"**고 말했다. 비가 오는 것을 '하늘이 운다'고 적는 시처럼, 비가 온다는 '사실'은 무한 확장될 수 있는 셈이다. 이렇게 은유는 창의적으로 남들이 보는 것과는 달리 상대를 이해하고 해석할 수 있다. 해석은 언제나 열려 있다.

내가 인터뷰 프로그램을 하면서 늘 고민했던 것이 바로 인터뷰 대상자 자신도 모르는 자신의 모습이 있지 않을까 하는 것이었다. 자신에 대해 깊이 고민해보거나 사유해보지 않은 대부분의 사람들은 남보다도 자신에 대해 모를 때가 많다. 아니면 스스로 외면하고 있는 자신의 모습이 있을지 모른다. 어쩌면 내가 그 사람의 진짜 모습을 찾아낼지 모른다는 기대감에 인터뷰하는 사람에 대한 자료를 샅샅이 살폈다. 그리고 상상했다. 출연자의 삶 전체를 지배하는 것은 무엇인가, 한 순간일지라도 그에게 강한 영향을 미친 하나의 사건은 없을까. 그것이 그가 평소 이야기하는 내용과 어떻게 맞닿아 있나. 그렇다면 그의 삶의 이야기가 우리에게 이야기하고자 하는 것은 무엇인가. 그의 이야기를 통해 우리는 무엇을 얻어야 할까. 단 한 사람의 삶이 우리 모두에게 어떤 의미를 던져주나.

3부에서 소개한 공감의 사례는 실제 인터뷰 내용이 아니라, 인터뷰를 하는 동안 나를 스쳐간 수많은 '의미'와 '해석'을 써내려간 것이고, 그 '의미'와 '해석'을 통해 내 삶은 지혜의 조각을 얻었다. 그래서인지 10여 년의 세월이 흘렀어도 그들이 한 진심 어린 이야기는 하나도 잊히질 않았다. 물론 당시에도 나는 그 이야기의 잔상으로 며칠을 내내 아파하거나 생각을 곱씹긴 했지만.

은유를 훈련하고 싶다면, **당장 오늘부터 나를 움직인 대화를 적어보라.** 녹취록을 적듯 사실fact대로 옮겨 적는 것이 아니라, 그 사람의 이야기가 어떤 배경에서 나온 것인지 상상하고, 그 이야기가 왜 나를 움직였는지, 그의 이야기가 진정한 의미는 무엇인지 해석해보라. 그것이 때로는 치우치거나 틀릴 수도 있겠지만 차차 상대 이야기의 본질을 향해 다가가는 것을 느끼게 될 것이다.

나는 인생의 여기저기서 삶의 지혜를 얻으려 한다. 책에서, 여행에서, 고난에서, 그리고 무엇보다 상대와의 진심 어린 대화에서. 상대의 이야기를 들으며 의미를 찾고 해석해내는 과정은, 상대와 나와의 대화를 스쳐가는 소통에 그치게 하지 않고 '내 안으로 삼켜 녹이는 과정'이라고 생각한다. 은유라는 상상을 통해 상대와 상대의 이야기를 받아들이게 될 때, 나는 인생의 본질에 한 발 더 다가가는 느낌이 든다.

**"인간만이 가진 이상한, 미스터리한 능력이 있다. 아무리 정보가
부족해도 유추를 통해 맥락을 파악하는 능력이다. 바로 은유 능
력. 이것이 인간 지혜의 기반이다. 이것은 여러 가지 경험을 가지
고 있으면 가능해진다."**
– <어쩌다 어른>, 조승연의 강연 중에서

'나'라는 한 인간과의 진정한 소통은 공감의 과정과 크게 다르지
않다. 먼저 나의 느낌과 감정들을 그냥 스쳐 보내지 않고 안으로
깊이 파고들어 마주해야 하며, 그러고 나서 자신과 한 발 떨어져
나의 감정과 내면의 목소리가 자신이 처한 상황 속에서 무엇을
의미하는지를 확인해야 하기 때문이다. 그렇게 하다 보면 우리
는 고난의 의미를 알게 되어 다시 세상으로 나아갈 수 있다.

타인과의 공감도 마찬가지다. 공감을 '은유 능력'으로 더 끌어올
린다면, 우리는 더 이상 공감이 무력하게 느껴지지 않을 것이다.
'진정한 공감'은 상대에겐 '치유'이고, 나에겐 '성장'을 가져다줄
것이기 때문이다. 공감은 상대를 '자아의 확대'라고 생각하는 '달
콤한 상상'에서부터 시작되었는지 모른다. 나는 그 '달콤한 상상'
을 '사랑'이라는 말로 부르고 싶다.

4부

우리가
몰랐던
대화의
비밀

방송을 그리 오래 하고도, 사람을 그렇게 오래 만나고도, 난 오늘 남편과 또 말다툼을 했다. 이러고도 '공감과 소통에 대한 책'을 쓸 자격이 있기는 한가. 한숨을 쉬며 원고를 들여다보는데 예전에 본 책의 한 구절이 슬며시 떠오른다.

"대화와 같이 인간 간의 상호작용에서 잊어서는 안 되는 양면적인 가치, 다시 말해 편안하면서도 아주 즐거운 특성과 그럼에도 동전의 양면처럼 아주 성가시기도 하고 온갖 위험으로 가득한 이중적인 특성… 모든 일에는 분명 대가가 뒤따른다." •

그래, 솔직해야지. 대화란, 소통이란, 나를 더는 외롭지 않게 해주지만 한편으로는 번거롭고 힘든 것도 사실이다. 오늘은 얘기가 너무 잘 풀린 것 같아 좋지만, 내일은 대화가 꼬여 싸움으로 이어지며 다시 뒤로 후퇴하는 느낌이기 일쑤다.

이렇게 피곤하니 어찌 대화를 이어갈까 싶다. 차라리 휴대전화를 켜고 SNS에 접속하는 편이 낫겠다는 생각이 든다. 내가 원할 때만 들어가서 '좋아요'를 누르거나 댓글을 확인하면 되고, 조금이라도 피곤하거나 귀찮을 것 같으면 당장 거기 빠져나와 버리면 된다. 내 편할 대로 하니 얼마나 좋은가.

정말 좋은가. 솔직히 이런 소통은 아무리 해도 허전하지 않은가. 상대는 만져지지도 않는 거리에 있는데 말이다.

'대화의 이중성'. 대화의 좋은 면에는 힘든 면이 그림자처럼 따라온다는 말이다. 대화엔 두 가지 면이 동시에 있다. 우리의 바람처럼 대화에서 그림자를 떼고 좋은 점만 취할 수는 없다. 그래도 우린 오직 편안하고 즐겁기만을 바란다. 현실에선 도저히 이루어지기 어려운 바람이다. 현실을 받아들여야 한다.

나는 혼자 물끄러미 앉아 있다. 저녁에 남편을 어떻게 봐야 하나 고민이다. 우리 관계가 한 번의 잘못된 대화로 제자리로 가는 건 아니니 겁내지 말고 또 노력해보자. 어떻게 하면 두 사람이 대등하게 마주서서, 겉도는 이야기가 아닌 진심 어린 말로 깊은 관계를 맺을 수 있을까.

인생의 힘든 문제도 피하고 도망간다고 해서 해결되지 않는 것처럼, 대화도 상대의 감정을 살피느라 내 감정을 무시하거나 좋은 말만 한다고 해서 잘 풀리는 게 아니다. 마주 해야 한다. 삶은 우리에게 스스로 문제에 직면하라고 말한다. 그리고 스스로 풀어가라고.

두 사람 간의 접점을 찾는 지혜, 두 사람 중 어느 한 사람의 감정도 무시하지 않는 배려, 서로의 감정을 부드럽지만 솔직하고 진실하게 풀어가는 용기, 설사 서로의 대화로 관계가 한 발 물러서더라도 절대 떠나지 않겠다는 책임감을 생각해본다. 무엇보다 이 과정은 우리를 서로 한 발 더 성장시킬 거라는 믿음으로 견뎌야 한다.

삶의 문제는 무엇이든 똑같다. 대화, 소통도 마찬가지다.

• 지그문트 바우만, 《고독을 잃어버린 시간》, 동녘, 2012, 30쪽.

"

내 감정에
주목하라

"지금 알고 있는 걸
　그때도 알았더라면
　내 가슴이 말하는 것에
　더 자주 귀 기울였으리라."

　킴벌리 커버거

"오늘 할 말 있어."

이 말은 무슨 뜻일까. 그 말을 한 사람 가슴에 뭔가 감정이 쌓여 있다는 뜻이다. 감정, 이것은 죽이거나 억눌러도 사라지지 않는다. '감정은 용수철 같다. 누르면 누를수록 더 큰 반발력을 갖게 마련이니까. 어느 순간 감정은 마치 자신이 혁명가라도 된 것처럼 자기 위에 군림하려던 이성을 자기 발아래 굴복시킨다'고 하지 않던가.

분명 감정은 우리를 움직인다. 말하게 하고, 행동하게 하고, 또 기억하게 한다. 우리는 이 '감정'이란 것을 잘 알아야 한다. 타인의 감정을 제대로 알고 싶다면, 내 마음속 감정을 똑바로 바라보려면 말이다.

처음 부부 토크 프로그램을 맡았을 때, 정말 힘들었다. 일단 결혼 생활이 짧아서인지, 결혼에 대한 환상을 다 벗지 못해서인지 그들의 마음을 척 하면 척 하고 알아듣지 못했다. 그때 '토크'라는 장르를 처음 진행해서 어려운 걸 거라고 생각했다. 그래서 방송을 마치고 나면 토크 장르에서 가장 뛰어난 진행자의 프로그램을 하루 종일 들여다봤다. 조금 나아지는 듯했다. 그러나 내가 내뱉는 멘트 하나하나가 그들의 상황을 정확하고 날카롭게 묘사하지 못했다. 상황, 상황에 따른 내 감정도 무엇인지를 알기 어려웠다.

'남편의 외박'이라는 주제 하나만 봐도 그렇다. 내 마음의 실체는 무엇인가, 남편의 안전이 궁금한 것인가, 집에 안 들어온다는 사실이 나를 무시하는 것 같은가, 누구와 잠을 자는지 믿을 수 없는 것인가. 한 가지 문제를 바라보는 시선은 여러 가지일 수 있고, 그것은 부부 관계와 처한 상황, 각자의 심리적인 문제 등등이 복잡 미묘하게 얽혀 있다. 그러니 이것을 알아채는 것은 순전히 감(感)이라고 할 수 있다. 비단 프로그램의 문제만은 아니다. 부부간에도 감정에 솔직하지 않으면 엉뚱한 해결책을 만들고 노력하다가 문제가 더 꼬일 수도 있다.

나는 어떻게 이 부부들의 감정을 잘 이해할 수 있을까…. 고민이 깊어졌다.

나는 일단 방송 주제가 결정되면, 내 자신을 먼저 돌아봤다. 그 순간 내가 느끼는 감정에 주목했다. 화가 나는 건가? 왜? 아니면 불쾌한 건가? 감정을 제대로 보려고 노력하면서 깨달은 것이 하나 있다. '겉으로 보이는 감정에만 붙들려 있지 말고, 그 감정 아래를 흐르는 깊은 정서를 봐야 한다'는 사실이었다.

물에 불순물이 섞여 있을 때 가벼운 것은 위로 뜨고 무거운 것은 가라앉는다. 가벼운 것과 무거운 것이 분리된다. 물 위에서만 보면 착각하기 십상이다. 우리는 물 위에 떠 있는 가벼운 부유물만을 보고 있는 것이다. 어쩌면 물 위에서 보이지 않는 무거운 것들이 물에 더 큰 영향을 주고 있는 건지도 모른다.

감정도 그렇다. 남편의 외박으로 화가 났다. 우리는 이 '화'라는 감정 자체에 주목하기 쉽다. 그럼 무조건 남편 탓이다. 남편이 잘못한 것은 사실이지만, 핵심은 그 순간 나는 왜 화가 나냐는 거다. 걱정이 되거나 불안하거나 그런 게 아니라 왜 화부터 나는가. 원인 제공자를 찾고 탓하기에 앞서 내 감정을 좀 더 정확하게 알아보자는 말이다. 화는 내게 일어난 일이므로 내가 알아야 하지 않겠는가.

감정은 이성보다 빠르게 나타난다. 곧바로 반응을 한다. 그래서 감정에 휩쓸려버리기 쉽다. 감정이 스치고 간 다음에 차분히 생각해본다.

나는 왜 화가 난 것인가. '화'라는 감정을 가져온 내 안의 깊은 정서를 들여다봐야 한다. 어린 시절 부모가 일을 해 아무도 없는 빈 집에서 자라서 아무도 없다는 것이 불러일으키는 극도의 불안으로 화가 났을 수도 있다. 아니면 아버지의 잦은 외도로 어머니의 불안을 어린 시절부터 지켜봤기 때문일 수도 있다. 아니면 결혼 전 남편의 행동이 늘 의심스러웠던 기억이 있어서일 수도 있다. 그도 아니라면, 사람에 대한 신뢰가 약해서일 수도 있다. 내 감정을 똑바로 마주하기 위해서는 내 안을 곰곰 살펴보아야 한다.

이 깊은 정서를 들여다보기 위해 나는 어느 날부터 '기억'을 자세히 더듬어보는 버릇이 생겼다. '기억으로 보는 나'라는 강의를 하면서 그 사실을 더 정확하게 알게 되었다. 과거 상황은 감정이라는 태그tag를 붙여야 기억으로 저장된다. 이것을 '감정 기억 emotional memory' ** 이라고 부른다. 나의 감정 기억, 강렬한 기억과 그것을 기억하게 만든 강렬한 감정을 적어봤다. 대부분 두려움, 분노, 놀라움 등의 소위 '강한 감정'이었다. 슬프고, 힘들고, 고통 스런 감정과 사건은 명료하게 기억되고 있었다. 그렇지 않은 것은 힘든 상황을 일부러 잊으려 스스로 기억을 지운 것이다. 그 감정 의 아래까지 내려가 보았다. 차차 그렇게 느낀 이유를 알 것 같았 다. 하얀 종이 앞면에 내 기억을, 뒷면에는 내 감정을 적어보았다. 그 감정이 생긴 이유를 떠올려 적어보았다.

이것이 내 글쓰기의 토대였다. 강한 기억을 가진 감정을 복기(復 碁)하는 것.

감정 읽기. 내 감정을 피하지 않고 차분히 읽어내려 가는 것. 나 는 이렇게 사람을 본다. 내 감정을 읽듯이. 그에게 드러난 감정 아 래를 상상해본다. 빙산의 일각을 보고 빙산 전체를 그려본다. 소 설의 행간을 내 맘대로 채우듯이.

사람은 자신을 알아야 상대를 상상할 수 있다. 나를 모르고, 내 감정을 깊이 알지 못하면서 그 누구를 이해할 수 있다는 말인가.

내 감정을 직면하겠다는 치열한 자세가 사람을 이해하는 가장 빠

른 지름길이다.

• 강신주, 《강신주의 감정 수업》, 민음사, 2013, 19쪽.
•• 비카스 고팔 징그란, 《MIT 리더십 센터 말하기 특강》, 예문, 2014, 58쪽.

"
껄끄러운 말도
해야 할 때가
있다

"자존감의 근원은
 내면에 있으며,
 타인이 아닌
 자신의 행동에 달려 있다.
 우리가 외부, 타인의 행동과
 반응에서 자존감을 찾는다면
 비극적인 결과를
 초래할 것이다."

너새니얼 브랜든

보통 여자아이들은 자랄 때, '착한 아이 신드롬'에 사로잡히기
십상이다. 나도 그랬다. '아니요'보다는 '네'라고 말하는 착한 아이
였다. 웬만하면 참고 넘어갔다.

　"네네, 그렇게 하세요."(억지 미소)

　연애를 할 때도 그랬다.

　"미안해, 좀 기다려줘. 늦을 것 같아. 30분만."
　"그래…. 알았어. 천천히 와."(다시 억지 미소)

　회사에 들어와서도 마찬가지였다. 바쁜 상황에서도 어떨 땐 개
인 시간을 다 쪼개서 일을 잡고 늘 이리저리 뛰어다녔다. '안 된다'
'못 한다'라는 말을 잘하지 못한 탓이었다.

일은 쌓여갔다. 꼬리에 꼬리를 물고 들어오는 격이었다. 시간을 쪼개어 쓰다 보니 쉴 시간은 줄고 몸도 힘들어졌다. 그렇게 바쁘고 지쳐가던 어느 날, 지인(知人)이 '끊을 단(斷)'자를 새긴 멋진 나무판을 선물하는 게 아닌가.

"이제 못하겠는 건 못한다고, 아닌 것은 아니라고 말하세요."

너무도 정확한 지적이었다. 나는 놀라서 그 자리에 얼어붙은 듯 한참 서 있다가 이렇게 말했다.

"그 말이 맞네요…. 지금부터 그렇게 할게요."

그날부터 모든 것이 '예'일 수 없다는 걸, 자신을 희생하지 않고 친절할 수 있는 법, 내 기준에서 벗어나지 않고 다른 사람들과 함께하는 법 등을 모색하기 시작했다.

내 문제로 고민이 깊던 어느 날, '자존감'에 관한 책과 만나게 되었다. 자존감, 이것은 자기 자신에 대해서 타인이 아닌 자신이 생각하고 느끼는 것을 말한다. 나는 전혀 성실한 사람이 아니라고 가정해보자. 그러나 '성실하다'고 계속 자신을 묘사하면 타인들에게 그런 이미지는 만들 수 있다. 하지만 그 말을 할 만큼 성실하게 행동했는지 안 했는지를 제일 잘 아는 사람은 바로 '자기 자신'이다. 자신은 정확히 알고 있다. 나는 성실하지 않다고. 이런 경우 '자존감'은 도리어 낮아질 수밖에 없다. 모든 사람을 다 속여도 자신까지 속일 수는 없다. 자존감은 자기 자신에 대한 평가이기 때문이다.

소통도 바로 이 지점에서 '자존감'과 연결된다. 나를 속이면 자존감이 낮아진다. 내 생각과 다른 행동을 해도 자존감이 낮아질 뿐 아니라, 생각과 다른 말을 하게 되어도 자존감이 낮아진다는 말이다. 말과 행동도 일치해야 하지만, 생각과 말도 일치해야 한다. 하기 싫으면서도 한다고 말하고 있을 때, 그런 자신이 미워진다. '왜 내 마음 하나 제대로 표현하지 못하는가…' 마음속에선 이런 외침이 들린다. 내 자신이 스스로를 낮게 평가하게 되는 대목이다.

자신의 '진정한 욕구'와 '바람'을 말로 표현하는 것, 이것은 자기 자신을 존중하겠다는 태도다. 이것을 '자기 주장하기'라고 부르고,

자존감을 이루는 여섯 가지 중 하나로 본다. 자신의 마음에서 들리는 참을 수 없는 진짜 목소리를 내는 것, 이것은 분명 내 자존감을 지키는 길이다.

소통은 함께 살아가야 하는 인간들에겐 참으로 중요한 행위다. 하지만 대부분의 소통 처세서에서 말하듯 상대방에 맞추기만 하는 소통은 일시적으로 상대의 맘을 살 수는 있지만, 결국 나를 불행하게 한다. 상대방에만 맞추는 관계는 상대를 조종하려 하는 것이거나 아니면 자신을 좀 먹는 관계일 뿐이다. 상대의 욕구만 중요하고 내 욕구를 무시하면, 결과적으로 내 자신의 자존감을 낮추게 된다. 그러면 자칫 관계 자체가 흔들릴 수 있다. 상대에게 '편한 소통'만 할 수는 없다. '불편한 소통'도 할 줄 알아야 한다.

좋은 친구 사이란, 듣기 좋은 말로 비위만 맞춰주는 관계가 아니다. 그 사람을 위한 말이라면 다소 불편하더라도 해야 한다. 친구가 잘못된 선택을 하려고 하거나, 남에게 해가 되는 결정을 하려고 하거나, 성장을 멈추고 편하고 안일한 길을 가려고 할 때, 친구를 진정 생각한다면 다소 껄끄러운 말이라도 해야 하지 않을까. 그만큼 그 사람을 생각하는 것이니 말이다.

관계가 끊어질까 두려워하며 진심을 외면하면, 서로가 표피적인 관계에 머물게 된다. 하지만 서로의 신뢰를 토대로 스스로 자존감을 지키는 소통을 하면, 서로를 존중하는 친밀한 관계로 접어들게 될 것이다. 이젠 진정한 관계를 위한 진정한 소통을 해보자.

"

대화의 황금률,
대화의
give & take

"두 사람이
  한 쌍이 되는 기술은
  남에게 무엇을 줄지 발견하고
  남에게서 받을 줄도 아는
  감성을 기르는 데 있다."

시어도어 젤딘

《연애를 망치는 남자》.

제목이 끌렸다. 서점 주인이 추천해준 책을 넘겨보지도 않고 사들고 온 것은 처음이었다. '도대체 이 남자는 어떻게 했기에 연애를 계속 망쳤다는 거야?'라는 단순한 호기심이 책을 붙들게 했고, 하루 만에 빠르게 읽어 내려갔다.

이 책은 작가인 '돈Don'이 '벳시'라는 여성과 결혼으로 가는 과정에 대한 솔직한 고백이다. 그동안 읽은 소설처럼 낭만적인 연애담은 어디에도 나오지 않았다. 대신 돈이 연애를 하는 과정에 드러나는 자신의 찌질함을 들여다보는 이야기였다.

이 대목이 나를 붙들었다. 나도 그렇지, 하면서 그의 문제가 어느덧 내 문제가 되어 있었다. 연애, 사랑은 자신을 제대로 들여다보게 하는 거울 같은 것이다. 아무리 장막을 치고, 가면을 쓰려고 해도 삐죽삐죽 나오는 내 실체를 다 가릴 수도, 지울 수도 없다.

그래서 힘들고 어렵다. 연애를 하면서 자신을 직면하지 않는다면, 내 본 모습을 평생 다 모르고 살 수도 있다. 어쨌든 돈은 다각도로 자신의 문제를 분석하고 있었다.

그는 벳시를 만나기 전 여러 여자를 사귀고 헤어졌다. 어린 시절의 가난을 보상이라도 하듯 다들 좋은 집안의 여자들이었다. 그는 언제나 자신이 너무 빨리 사랑의 감정을 느끼고, 곧 시들해져 그녀들과 헤어진 거라고 알고 있었다. 그러나 실제로 그는 한 여자에 만족하지 못했고, 늘 다른 여자와 새로운 사랑에 빠지는 상상을 했다. 옆에서 그를 지켜보던 절친은 그에게 예리한 지적을 했다. 돈이 상대를 자기 마음대로 '조종하려는 욕심'을 가졌다는 것이다. 돈의 마음속에는 상처를 받고 싶어 하지 않는 '두려움'이 자리하고 있어서 여러 위험이 도사리는 현실보다는 모든 걸 자기 마음대로 할 수 있는 안전한 공상 세계 속에서만 사랑을 하려 한다는 거였다. 그러니 상대를 조종하려는 마음이 사랑이라고 착각해서는 안 된다고 조언을 했다.

돈은 작가답게 '상상 속 사랑'과 '현실 속 사랑'을 '책'을 쓰는 것과 '시나리오'를 쓰는 것으로 비유하고 나서야 그 사실을 이해하기 시작했다. 책을 쓰는 작업은 작가가 철저히 모든 단어를 통제하는 상황이지만, 영화 시나리오 쓰는 일은 제작자, 촬영감독, 배우들과도 협력해야 하고, 모든 사람이 시나리오를 다르게 해석하더라도 그대로 둘 수밖에 없다. 그러다 보니 막상 영화관에서 보는 영화는 처음 그의 상상과 완전히 달라져 있게 마련이다. 결국 자신이 꿈꾸는 사랑의 모습이 아니어도 상대와 사랑하는 것, 꿈꾸지 않고 사랑하는 용기가 필요했던 것이다.

나는 사랑, 관계, 소통은 뿌리가 하나인 세 그루의 나무 같다고 느낀다. 사랑이란 가장 깊은 인간관계이고, 이것을 제대로 된 소통을 통해 만들어가는 것이니까. 그래서 늘 '사랑'에 주목해왔다. 그리고 문학 속에서 힌트를 찾으려 했다.

'상대를 조종하려는 욕심', '지배욕'은 사랑하는 관계에서만이 아니라, 소통과 대화에서도 걸림돌이다. 직장에서 상사라는 이유로, 학교에서 교사라는 이유로, 집에서 부모라는 이유로 대화를 지배한 적은 없는가. 대화의 시간을 다 가져가기도 하고, 대화의 분위기를 좌지우지하기도 하고, 상대의 말을 끊기도 하고, 발언권을 자기 맘대로 휘두르기도 하면서 말이다. 상대의 말은 들으려 하지 않고서.

혹여 상대가 말을 하면서 자신이 듣고 싶지 않은 말을 할까 두
려워서 대화를 장악하려 하는 건 아닌가. 아니라면 자신이 꿈꾸는
대화의 결론이 있거나 대화의 분위기가 있는 것은 아닌가.

나도 그랬다. 방송에서처럼 멋진 결론이 나오는 대화를 꿈꾼 적
도 있었고, 방송을 하던 습관대로 서론, 본론, 결론으로 대화를 끌
고 가려고 시도한 적도 있었다. 그러다 대화를 장악하려 하기도
했다. 생각해보면, 참으로 어리석은 일이었다. 상대가 얼마나 대
화하고 싶지 않았을까. 대화란 '협력'이고, '참여'인데, 혼자서는 만
들어갈 수 없는 것인데 말이다.

상대와 내가 서로 대화에 참여해 함께 만들어가는 것, 설사 결
말이 어떻게 될지 알 수 없더라도 서로 주고받는 것이 대화가 아
닐까.

오늘도 우리의 대화가 멋들어지지 않고 울퉁불퉁 거칠더라도,
어쩌다 내 맘의 상처를 건드릴지라도, 주거니 받거니 날실과 씨실

처럼 그냥 이어가 보자. 주고받는 것 속엔 상대를 해치는 부정적
인 말만이 아닌 상대에 대한 따스한 말도 분명 있을 것이니.

대화에서 가장 중요한 것은 누구나 다 알듯 서로가 주고받는
것이다.

"
몸짓은
그 자체가
말이다

"언어가
　생각을 숨기기 위해
　인간에게 주어졌다면,
　몸짓의 목적은
　그 생각을 드러내는 것이다."

존 네이피어

우리 조상들은 언어를 발달시키기 전 몸짓으로 서로 의사를 전달했다. 얼굴 표정, 손발 놀림, 몸짓 등으로 의사소통을 하다가 약 100,000년 전 호모 사피엔스의 등장부터 언어를 사용한 흔적이 발견된다. 언어를 사용하려면 목의 내부 구조가 발음을 할 수 있게 진화해야 하고, 두뇌 발달이 이를 감당해야 한다. 이 두 가지 진화가 이루어진 시기가 호모 사피엔스 등장 무렵이다.

　호모 사피엔스 이전의 그 긴 시간 동안 우리는 몸짓으로 의사를 전달했다. 그래서 '인간은 타고난 보디랭귀지 전문가'라고 커뮤니케이션 학자들은 말한다. 보디랭귀지의 역사가 언어보다 길다는 말일 터. 그래서일까. 우리는 보디랭귀지nonverbal communication와 말verbal communication이 서로 다를 때 보디랭귀지를 더 신뢰한다고 한다. 보디랭귀지가 언어보다 진실에 가깝다고 보는 것이다.

　그를 만난 것은 그가 입사한 첫날이었다. 그와 나는 엘리베이터에서 우연히 마주섰다. 나는 '누구지?'라는 표정으로 동그랗게 눈을 뜨고 그를 쳐다보았다. 그는 내 눈과 마주치자마자 눈을 내리깔았다.

나는 지인을 만나러 그곳을 찾았고, 그는 거기서 만난 첫 번째 인물이었다. 인상적이었다. 그를 다시 만난 것은 회사 식당에서였다. 그와 나는 또 우연히 한 테이블에 앉게 되었다. 지인인 그의 상사를 포함해 여러 사람과 함께였다. 그가 신입사원이라는 것도, 그의 상사가 내 지인이라는 것도 그 자리에서 알게 되었다. 나는 다시 그를 관찰했다. '그때 왜 내 시선을 피한 걸까?'하는 궁금증을 풀고 싶었다. 그는 고개를 숙인 채 다른 사람의 대화에 끼지 않고 밥만 먹었다. 내 시선을 아예 무시했다. 그런데 내 눈에 그의 시계가 들어오는 게 아닌가. 황금빛이 나는 고가(高價)의 시계였다. 나도 모르게 이런 말이 불쑥 나왔다.

"와, 이 시계 진짜 비싼 건데~."

그가 예상과 달리 갑자기 나와 눈을 맞추며 말을 하기 시작했다.

"눈썰미가 있으시네요. 맞아요. 그 시계예요. 한눈에 알아보
시네요."

　만면에 미소를 띠고, 눈망울을 초롱거리며 시계 가격과 자랑,
이것을 살 수 있는 자신의 경제력에 대해 장황하게 설명해댄다.
부모님이 얼마나 대단한 분이신지까지 이야기는 이어졌다. 참 희
한했다. 내 눈길을 그토록 피하고 상대도 안 하던 그의 마음에 갑
자기 '딸깍' 하고 불이 켜진 이유는 무엇일까. 정말 궁금했다. 돈
이야기를 하면서 초롱거린 그의 눈빛이 내내 잊히지 않았다. 사람
은 자기가 좋아하는 걸 얘기할 땐 저절로 눈이 반짝반짝한다. 그
는 돈에 관심이 많은 사람인가 보다. 그렇다면 굳이 내 시선을 피
했던 이유는 뭘까? 뭔가 아귀가 맞지 않는 것 같아 머릿속이 복잡
했다.

　식사가 끝나고 지인의 사무실로 와서 입을 다물고 생각을 이어
갔다. 돈 이야기에 눈을 반짝거릴 사람은 어떤 사람일까? 사업가.
그들은 돈이 될 만한 일, 시장(市場)이 보이는 일이라면 눈을 반짝
거리겠지. 그렇다고 돈이나 시계 같은 물건을 꼭 자랑하지는 않을
것 같은데…. 그럼 어떤 사람이 그럴까? 사기꾼? 자기를 그럴싸하

게 보이려고 자랑을 한 걸까? 그런데 사기꾼은 사기를 치기 좋은 상황을 목격했을 때 눈을 더 반짝거리지 않을까. 숨길 게 있으면서도 돈에 관심이 많은 사람. 사기꾼 말고 더 없을까? 혹시 도둑? 에이, 설마. 하지만 고가의 물건 자체에 관심이 많고 그 물건에 대한 설명이며, 그 물건을 살 만한 자신의 상황을 부연 설명하는 것이 신기했다.

아무래도 찜찜했다. 지인에게 최대한 조심스럽게 이야기를 꺼냈다. 정확하게 설명할 수 없는 내 기분을, 내 추측을. 그는 발끈하며 이렇게 반응했다.

"너 그 이야기하자고 그리 뜸 들인 거야? 추측이 너무 지나치다. 사람이 돈 이야기에 눈을 반짝거릴 수도 있지. 네가 너무 빤히 쳐다봐서 불편해서 눈을 피했을 수도 있어. 이 이야기는 이쯤에서 그만두자."

그의 말이 맞다. 도대체 무슨 근거로 그리 용기 있게 말을 꺼냈단 말인가. 하지만 돌아오는 길에도 내 눈길을 계속 피해 바닥만 보고 있었던 엘리베이터 속 장면이 머릿속에서 지워지질 않았다.

그는 도대체 뭘 감추고 싶었던 걸까.

　그 후 그가 회사에 잘 적응하고 있다는 소식을 전해 들었다. 기쁜 소식이다. 그는 넉넉한 집 아들로, 어머니는 영화사를 하신단다. 지인은 그가 얼마나 좋은 사람인지를 장황하게 설명했다. 나도 그 순간 내가 본 것, 그 느낌을 지워야겠다고 생각했다. 그냥 스쳐간 느낌을 어찌 믿을 수 있으랴 하는 생각이 들었다. 이제 그란 사람 자체를 잊어도 될 것 같았다.

　몇 주가 지나고, 갑자기 지인에게 전화가 왔다.

　"야, 너 귀신이다. 귀신이야. 그 친구 정말 도둑이었어. 믿어지지가 않아. 사무실에서 노트북과 비상금까지 들고 사라졌어. 연락 두절이야. 놀라서 알아보니, 엄마가 영화사를 한다는 것도, 잘사는 집안 아들이라는 것도, 졸업했다는 대학도 모두 거짓말인 거 있지. 그때 네 말을 들었어야 했는데…."

　나도 놀랐다. 내 느낌이 뭐 별 거냐고 생각하고 있었는데, 처음 느낀 좋지 않은 느낌처럼 그가 도둑이었다니. 믿기지 않았다. 그가 보낸 강렬한 시선 회피의 행동은 분명 메시지가 있었던 셈이다.

  돌이켜보니, 그가 내 눈을 피한 것이 자신의 진심을 빤히 들여다보지 못하게 하려는 무의식적인 행동이었는지도 모른다. 자신의 속마음을 감추고 싶어 하는 본심 때문이었는지도 모른다. 몸짓은 그가 꽁꽁 숨기고 싶어 하는 마음을 도리어 강력하게 드러낸 셈이다. 나는 그날 이후 말보다 몸짓이 더 진실하다고 강하게 믿게 되었다.

  우리는 소통에서 보디랭귀지를 무시한다. 언어처럼 정확하게 인식되지 않기 때문이다. 그러나 앞 일화에서 보듯 보디랭귀지는 언어보다 더 중요하다. 인간의 뇌는 '파충류의 뇌(뇌간)', '포유류의 뇌(변연계)', '인간의 뇌(신피질)'로 나뉜다. • 비언어 커뮤니케이션(보디랭귀지)은 이 가운데 변연계, 즉 포유류의 뇌의 지배를 받는다. 변연계는 생존을 책임지는 곳이다. 우리의 생존이나 감정을 위협하는 문제에 직면하면 곧바로 행동을 지시하는데, 손발, 몸, 얼굴 등에 빠르게 나타났다가 바로 사라지기 때문에 놓치기 쉽다. 이 같은 생존 반응은 숨기거나 참기가 어렵다. 큰 소리가 났을 때 깜짝 놀라는 것처럼 말이다. 인간의 '사고, 감정, 의도'의 가장 원초적인 표현이기 때문이다. 그래서 학자들은 변연계를 '정직한 뇌'라고 부른다.

이에 반해 인간의 뇌, 신피질은 고차원의 인지와 기억을 담당하는 '사고하는 뇌'라고 할 수 있다. 신피질은 계산하고, 분석하고, 해석하는 다소 어려운 일을 한다. 말하기 영역도 관장한다. 가령, 친구가 자신의 헤어스타일이 어떠냐고 묻자 맘에 안 들어도 친구 기분이 상할까 봐 거짓으로 좋다고 말하는 식이다. 자신의 의견이나 생각과 전혀 다른 대답을 할 수도 있다. 그래서 신피질을 '가장 정직하지 않은 뇌', '거짓말을 하는 뇌'라고 부른다.

우리는 평소 '인간의 뇌'의 지배를 받아 계산된 이야기를 주도면밀하게 한다. 하지만 '포유류의 뇌'에서 나오는 감정과 표정, 몸짓이 그 사람의 계산과 전혀 다른 진짜 의도를 보여준다. 말과 보디랭귀지 사이에 모순은 이 지점에서 생긴다. 이 사실을 과학적으로 증명하지 않아도 인간은 이 순간 보디랭귀지를 믿는다. 긴 긴 세월 보디랭귀지를 사용해온 경험 탓인지 보디랭귀지의 진실성은 우리 몸에 각인된 것같다. 그래서 중요한 일에서는 실제로 사람을 만나 비언어 커뮤니케이션을 확인하는 일을 간과해서는 안 된다.

생방송은 언제나 사고의 위험이 존재한다. 그러다 보니 이를 대비하고자 방송 전에는 사람들을 조용히 관찰하는 게 버릇이 되었다. 그 오랜 경험이 비언어 커뮤니케이션을 저절로 공부하게 만든 것인지도 모른다. 특히 강박증이 있는 출연자는 자기가 준비한 대로 방송이 진행되지 않으면 돌연 방송을 멈춰버릴 위험이 있다. 그들은 원고 내용을 반복해서 확인하거나 원고가 흐트러진 걸 못 참는다. 뭔가를 계속 정리하고, 사전 준비를 지나치게 반복하며 불안한 모습을 보인다. 그것이 생방송을 해야 하는 불안한 마음을 달래보려는 행동이라는 사실을 어느 날 깨달았다. 이런 사람과 방송을 할 때는 가능한 한 애드리브를 줄이고 대본대로, 예측 가능하게 진행해야만 한다. 그래야 출연자가 가진 불안감을 줄여줄 수 있다.

방송 현장은 다양한 사람과 긴장 상태에서 만나는 만큼 예상치 못한 비언어 커뮤니케이션과 만나게 되고, 그것을 풀어나갈 방법을 모색해야 한다. 그렇다면 비언어 커뮤니케이션은 어디서 배울 수 있을까. 바로 '사랑'에서다. 사랑을 하며 주고받는 수많은 사인sign이 대표적인 비언어 커뮤니케이션이니까. 서로 호감이 있는지, 사랑이 시작되었는지, 그의 눈빛이, 미소가, 시선이, 목소리가, 몸짓이, 나와 그 사이의 거리가 언어를 대신한다. 사랑이 무르익으면 자연스레 말은 사라진다. 서로 느끼는 것만으로도 충분하다. 숨소리만으로도 그가 편한지 아닌지를 안다. 늘 그를 지그시 바라보게 된다. 그러다 보면 그가 말을 시작할 때 입 꼬리가 어떻게 되는지, 기분이 좋아지면 눈매가 어떻게 변하는지 등의 습관을 알게 된다. 한 사람의 비언어 커뮤니케이션에 대해 샅샅이 알게 되므로 나중에 다른 사람의 비언어 커뮤니케이션을 이해하는 데도 도움이 된다.

사랑은 그 무엇보다 빠르고 확실한 비언어 커뮤니케이션 학습 방법이다. 타인의 말이 아닌 몸짓 그 자체까지도 알려고 하는 마음은 진정한 관심이 아니라면 쉽게 생기지 않는다. 그래서 사랑하는 동안 비언어 커뮤니케이션을 배워야 한다. 진정한 커뮤니케이션이란 말과 말을 넘어선 행동을 모두 다 포함해야 하니까.

• 미국의 선구적인 뇌 과학자 폴 매클린이 밝혀냈다.

"

**단계와 시간을
뛰어넘는
친밀한 대화**

"친밀함은

　위험을 감수해야

　얻을 수 있다."

도널드 밀러

일자 샌드는 《센서티브》라는 책에서 '의사소통의 4단계'를 적고 있다.

첫 번째는 '잡담과 피상적인 대화'다. 잘 모르는 사람들이 관계를 시작할 때 대화의 문을 열어주는 단계다. 날씨 얘기, 교통 상황, 식사 얘기 등등 흔히 말문을 여는 질문이나 말이다.

잡담이라는 말에 사이토 다카시 교수의 《잡담이 능력이다》에서 우리의 편견을 깼던 대목이 떠오른다. '잡담은 결론이 필요 없다, 잡담은 과감하게 끝맺어도 된다, 무슨 이야기를 나누었는지 몰라도 된다, 이야기가 매끄럽지 않아도 된다, 골이 아닌 패스에 능해야 한다' 등의 내용이다. 한마디로 말하자면, '잡담에 큰 부담을 갖지 말라'는 얘기다. 잡담은 언제든 시작하고 끝낼 수 있으며, 멋진 결론은 기대할 필요도 없고, 얘기가 한 방향이 아니라 이리저리 가도 되고, 그냥 상대와 한 가지 정도의 비슷한 부분만 찾는다면 성공이라는 거다. 소통의 첫 단계는 누구나 능수능란하게 끌어갈 수 없으며 대화의 내용보다 분위기가 성공 여부를 결정한다. "그 사람, 얘기하기 편하네!" 이 한마디면 된다.

이번엔 두 번째 단계다. '상대방의 흥미를 끄는 대화'다. 우리는 잡담을 통해 상대를 여기저기 찔러보았다. 그러면서 슬쩍 나랑 통할 만한 구석이 있는지, 무엇에 관심이 있는지를 가늠해보았다. 이걸 토대로 조금 좁게 방향을 정해 이야기를 몰고 간다. 계속 패스만 할 수 없다. 드리블을 해야 할 타이밍이다. 서로의 공통 관심사를 찾아내 활발한 의견과 정보의 교환이 일어나는 단계다. 자녀 교육 문제, 정치 문제, 경제 문제 등등에 대해 활발하게 대화하는 경우를 말한다. 가장 흔하게 하는 대화의 단계다. 오전 아이들을 학교를 보낸 엄마들이 커피숍에서 하는 대화나, 직장에서 직원들끼리 주고받는 대화가 거의 이 단계에 속한다.

그러나 이 단계에서는 그 분야에 대해 지식이 많거나 말이 많은 사람이 대화를 주도하기 쉽다. 서로 말을 하려고 기다리기 십상이기에 대화를 잘 분배하는 게 중요하다. 공통으로 대화할 주제를 잘 찾아내는 것이 중요하며, 호기심과 경청으로 상대의 이야기를 잘 듣는 것, 주제에 대한 대화로 상대가 나를 알게 하는 것이 중요하겠다. 정보와 지식 관련 방송 프로그램일 경우 대부분의 대화가 바로 이 단계에 속한다.

셋째, '개인적인 영역의 대화'이다. 자기 주변의 일이나 사람에 대한 '감정'과 '경험'을 표현하는 단계다. 서로 공통점이 많다고 느끼면서 상대를 개인적인 영역으로 초대하는 것이다. 자녀 애기, 남편 애기, 결혼 문제, 가족 문제, 직장에서의 고민 등등을 나누는 사이가 된다. 그러다 보니 서로가 가깝고 소통이 활발해진다. 이 단계에서는 서로 자주 소통하고, 그래서 서로에 대해 잘 알게 되고, 그래서 더 소통하기 편해지는 선순환이 되기 쉽다. 무엇보다 내가 어떤 것에 대해 '감정'을 표현하면 상대가 그것을 느끼는 단계다. 감정을 공유하는 소통, 이 책이 주로 말하는 소통은 이 단계에 해당된다.

이 영역은 자신의 내면을 누군가와 공유한다는 면에서는 좋지만, '자신만 아는 자아', 즉 사적(私的) 자아는 전혀 상상해보지 못한 영역이 될 가능성이 높다. 자신이 남성적 외면에 섬세하고 여린 내면, 여성적인 외면에 거칠고 무심한 내면 등을 가지고 있을 수 있다. 상상치 못한 영역으로의 초대, 두렵기도 하고 설레기도 한다. 한 사람을 제대로 안다는 것은 바로 이 단계에 해당된다.

마지막 단계는 '직접적인 대화'다. 지금 일어나는 일, 그리고 너와 나에 대해 솔직하게 이야기하는 단계다. 서로가 어떻게 느끼고, 어떤 생각을 갖고 있는지 이미 알고 있다. 이것은 당신이 다른 사람에게 어떤 의미를 가진 존재인지를 안다는 말이기도 하다. 서로 사랑해서 몰두하고 있는 순간, 두 남녀가 하는 대화가 여기에 해당한다. 때론 껄끄러운 말이 될 수도 있다. 이렇기에 직접적인 대화는 강렬하면서도 두렵다. 서로를 속속들이 잘 알고, 믿기에 할 수 있는 솔직한 대화. 이런 밀도 높은 대화를 평생 못해보는 경우도 있지 않을까.

우리의 소통은 보통 일자 샌드가 말한 4단계를 차례로 밟아간다. 제법 긴 시간이 걸려서 말이다. 누구나 반드시 이 단계를 모두 거치는 것은 아니다. 2단계에서 멈출 수도, 3단계에서 영원히 멈춰버릴 수도 있다.

방송 인터뷰는 늘 이 단계들을 뛰어넘으려 시도한다. 처음 만난

: 우리가
  몰랐던
  대화의 비밀   198

패널과 방송 전에 1단계를 짧게 거치고, 방송에선 2, 3단계 이야기를 하기 원한다. 갑자기 깊은 대화로 가려면, 10~15분 내외의 어색한 시간이 지나가야 자연스레 대화가 이어진다. 이것을 방송에선 워밍업 시간이라고 한다. 대화를 위해 분위기를 달구는 시간인 셈이다. 초반 10분을 지나서는 질문에 따라 단계가 달라진다. 상대를 얼마나 깊이 알고 싶어 하느냐, 얼마나 상대에 대한 기초 지식을 가지고 질문을 하느냐, 얼마나 개인적인 질문을 하느냐, 얼마나 상상력이 동원된 질문이냐에 따라서. 대본과 자료에는 없지만, 그 장면을 떠올리거나 행간을 상상해서 하는 질문은 예상외로 상대에게 쑥 들어가기도 한다. 방송 경험 탓일까. 나는 일상 대화에서도 단계를 건너뛰기를 좋아한다. 어떤 사람과도 깊은 대화를 나누고 싶다. 깊은 대화가 주는 만족감 때문이다.

놀랍게도 이 경험을 학문적으로 뒷받침해주는 연구가 있다. 사회심리학자인 아서 애론의 연구인데, 그는 처음 만난 사람들이 36개의 질문으로 친밀감을 빠른 시간에 키울 수 있는지를 알아보았다. 36개의 질문은 상대방을 알 수 있도록 짜여 있다. 인생 이야기를 4분 안에 정리해달라는 것부터 가족 이야기, 우정과 사랑, 꿈, 일, 몸과 마음의 균형 등등. 질문자와의 공통점, 맘에 드는 점, 좋아하게 된 것까지, 상대와 서로 호감을 느끼도록 하는 관점도 부여한다. 한마디로 상대방이 차차 노출되는 과정, 나와 상대의 호감을 일으키는 과정이 질문 형태로 주어진다. 이 질문들은 모두 개인적이고, 개인의 감정에 관한 것이다. 앞서 소통의 단계로 본다면, 1단계가 생략되고 바로 2, 3단계로 넘어가버린 질문이다. 한마디로 개인적 영역의 대화로 빠르게 들어가게 질문하여 서로 간의 친밀감을 빠르게 쌓게 하는 것이다.

아서 애론이 짜놓은 36개의 질문 가운데 가장 마지막 질문은 무엇일까. 자신의 고민을 상대에게 털어놓고 조언을 구하라는 것이다. 아주 신뢰하는 사람이 아니라면, 고민은 쉽사리 털어놓기가 어렵다. 부모에게도 쉽게 털어놓지 못하는 게 속 깊은 고민 아니던가. 이 질문은 감추고 있는 자신의 마지막까지 내보이게 하여 완벽한 신뢰감, 친밀감을 쌓게 한다.

아서 애론의 연구는 소통에 대한 몇 가지 함의를 준다. 어떤 질문을 하고, 어떤 이야기를 하느냐에 따라 짧은 시간에도 친밀한 관계를 쌓아갈 수 있다는 사실이다.

가까운 관계를 유지하는 것도 마찬가지다. 가족 간에, 부모 자식 간에, 친구 간에 대화할 시간이 없다는 말이 더 이상 핑계가 될 수 없다. 그보다는 변화하고, 힘들어하고, 어려워하는 나를 솔직하게 열어 보여줘야 한다는 점, 무엇보다 내 고민을 열고 조언을 구하려는 노력을 해야 한다는 점을 잊어서는 안 된다. 친밀함을 지속적으로 쌓아가는 것은 상대방에 대한 애정 어린, 그러나 깊숙한 질문을 던지는 것이다. 한 사람을 깊이 안다는 건 끝없는 탐구의 과정이다.

5부

오늘이
삶에서
마지막인 것처럼
대화하라

어린 시절 좋아하고 따라하고 싶었던 멋진 친구가 하나 있었다. 그녀가 어느 날 내게 집으로 놀러가자고 했다. 콧노래가 나왔다. 그녀의 집에 초대받은 첫 번째 친구가 되는 셈이었다. 그런데 현관문을 들어서니 집엔 아무도 없었다. 음식을 차려놓고 기다리고 계실 거라 상상한 그녀의 어머니는 없었다. 나도 모르게 이렇게 말했다.

"어머니, 어디 가셨어?"
"…"
"아… 바쁘시구나…"
"아냐, 우리 집은 엄마가 일하러 나가서. 아빠랑 헤어지셔서…"
"아…"

아차 싶었다. 건드려선 안 될 무언가를 건드린 느낌. 그녀는 내 우상이었다. 그래서 그녀가 아플 수 있다는, 힘들 수 있다는 걸 한 번도 생각해보지 않았다. 이런 이야기에 어떻게 대응해야 할지 난감했고, 나에겐 그녀를 도울 방법이 없다는 생각에 무기력했다. 그 순간 그녀가 어색한 분위기를 깬다.

"걱정 마. 우리 먹고 싶은 거 해 먹고 설거지만 해두면 돼. 안 그러면 언니에게 혼난다. 엄마가 너무 힘드시거든."

그녀는 나를 친구로 받아들이면서 어쩌면 감추고 싶었을 부분을 왈칵 열어주었다. 처음엔 놀랐지만 곧 그녀의 마음을 헤아릴 수 있었다. 자식에게 부모란 어떤 존재인지, 엄마가 비운 자리를 아이들은 어떻게 느끼는지, 아이들도 엄마가 힘들다는 사실을 어떻게 알게 되는지 등등의 문제를 평생 처음 마주한 날이었다. 지금도 그 순간이 생생할 만큼 나는 그녀의 아픔을 이해하려 노력했던 것 같다.

그 후로 아버지 없이 어머니와 네 자매가 살아가는 이야기인 《작은 아씨들》이 인생 책 중 하나가 되었고, 기형도 시인의 〈엄마 걱정〉이라는 시도 자연스레 좋아졌다. 그녀의 모습을 떠올리면서 말이다.

"열무 삼십 단을 이고/시장에 간 우리 엄마/안 오시네, 해는 시든 지 오래/나는 찬밥처럼 방에 담겨/아무리 천천히 숙제를 해도/엄마 안 오시네, 배춧잎 같은 발소리 타박타박/안 들리네, 어둡고 무서워/금 간 창틈으로 고요히 빗소리/빈방에 혼자 엎드려 훌쩍거리던/아주 먼 옛날/지금도 내 눈시울을 뜨겁게 하는/그 시절, 내 유년의 윗목."・

나는 내 친구의 마음으로 들어가고 싶었고, 그래서 촉을 세워 그녀의 감정을 느끼고자, 상상하고자 했다. 그녀를 진정 사랑했기 때문이다. 그녀를 위로하고 싶어서였다. 사랑은 상대를 충분히 느끼고, 그녀를 향해 도약할 수 있게 해준다. 사랑은 공감을 위한 마음이다. 공감을 하기 위한 토대다.

"난 공감이 최대한 충만하게 살기 위한 방식, 끊임없이 발전하는 방식이라고 봅니다. 그것이 당신 스스로를 가두어놓은 울타리를 열어젖히고 나가 새로운 체험을 하게 만들기 때문이죠. 그럴 기회가 주어지기 전에는 예상하지 못했고, 알아차리지도 못했던 그런 새로운 체험을 말입니다."**

나는 그녀를 통해 내 삶의 좁은 울타리를 처음 열고 나가게 되었다. 그리고 커가면서, 방송까지 하면서 더 많은 사람과 마음을 나누었다. 마음을 나누는 이런 만족스런 대화를 하고 나면, 늘 혼자가 아닌 것 같았다. 서로의 삶이 연결되어 있다는 느낌을 버릴 수 없었다.

17세기 시인 존 던의 표현처럼 '어떤 사람도 섬은 아니다. … 모든 사람은 대륙의 한 조각이며 본토의 일부다'라는 말을 곱씹으면서.

어쩌면 우리는 서로 연결되어 있는지도 모른다.

• 기형도, 《기형도 전집》, 문학과지성사, 1999, 134쪽.
•• 로먼 크르즈나릭, 《공감하는 능력》, 더퀘스트, 2014, 27쪽.

: 오늘이 삶에서
  마지막인 것처럼
  대화하라

"
**상처는
상처와
연결된다**

"사람의 마음과 마음은
조화만으로 이어진 것이 아니다.
오히려 상처와 상처로
깊이 연결된 것이다.
아픔과 아픔으로,
나약함과 나약함으로
이어진다."

무라카미 하루키

《일요일의 카페》.

일요일 오후, 교통사고로 부모님을 잃은 이리스는 황량한 동네를 걷다가 길모퉁이에서 한 번도 본 적 없는 카페를 발견했다. 출입문 위에 '이 세상 최고의 장소는 바로 이 곳입니다'라는 특이한 네온사인이 걸려 있었다. 그녀도 모르게 그 카페로 들어섰다. 맞은편 자리에 자기 또래의 한 남자가 앉아 있었다. 그와 대화가 시작되었다. 뭔가 신비롭고 마법 같은 순간. 그의 이름은 루카였다.

이리스와 루카의 만남은 계속되었다. 둘의 대화는 끝없이 이어졌다. 그녀는 그에게 점점 빠져들었다. 이 마법의 카페, 그리고 그와의 대화 없이는 못 살 것만 같았다.

둘은 6일 동안 매일 만나 대화를 이어갔다. 하루는 사람의 마음을 읽을 수 있는 탁자에 앉아서, 다음 날은 추억을 떠올리게 해주는 탁자에서, 다음 날은 시인이 되는 탁자, 그다음 날은 희망의 탁자, 다음날은 용서의 탁자, 마지막으로 이별의 탁자까지. 루카는 첫날 마음을 읽는 탁자에서 이리스의 마음을 헤아리고 나서 추억을 떠올리는 탁자에서 이리스가 과거를 직시하도록, 그리고 시인이 되는 탁자에서 시를 쓰며 세상의 아름다움을 현재라는 시점에서 제대로 보도록, 미래를 살아갈 희망과 용서를 품도록 하면서 떠나갔다.

떠나갔다는 표현이 적당할까. 그는 죽은 사람의 영혼이었다. 억울하게 자신이 운영하는 이탈리아 레스토랑에 불이 나 화상을 크게 입고, 누구도 찾아오지 않는 병실에서 쓸쓸히 죽어갔다. 죽음으로 가는 길에 이리스의 부모를 만나 이곳으로 이리스를 만나러 온 것이다. 부모와 작별도 못하고 헤어진 이리스는 당시 죽고 싶은 심정이었고, 아무도 찾아오는 이 없는 곳에서 홀로 죽어간 루카도 참담하기는 마찬가지였다. 그러니 김이 모락모락 나는 따끈한 코코아를 마시며 두 사람이 나누는 대화는 얼마나 깊었을까.

루카는 이리스의 손을 잡고 이렇게 말했다.

"가장 어두운 절망 속에 살았기 때문에 그 사람에게는 그 햇

살 한 줄기가 최고로 찬란한 광채 같았던 거야…. 굴곡이 심한 인생을 살아낸 사람만이 행복을 온전히 경험할 수 있어. 감정의 스펙트럼의 한가운데로만 헤엄치는 사람은 결코 인생의 본질을 경험할 수 없어."*

수많은 사람을 인터뷰하면서 그들의 아픔을 받아내고 위로해왔던 오프라 윈프리. 그녀가 세계 최고의 인터뷰이로 등극한 것은 어쩌면 당연한 일이다. 그녀는 미시시피 시골에서 사생아로 태어나 아홉 살에 성폭행을 당하고 열네 살에 미혼모가 되었다가 아들의 죽음까지 겪었다. 살아내기 버거울 만큼 힘든 인생이었기에 그녀는 그 어떤 삶도 다 이해할 수 있었을 것이다. 터널처럼 깜깜한 절망 속에서 한 줄기 삶의 희망이 얼마나 찬란한지를 알았을 것이다.

그동안 그녀를 단순히 방송을 잘하는 진행자로, 말을 잘하는 사람으로만 조명한 책들이 얼마나 소통이라는 것에 대해 단편적으로 이해하고 있었는지를 새삼 느낀다. 다른 사람의 삶을 이해한다는 것이 얼마나 어려운 일인가. '공감'이란 이런 것이다.

"나와 상대 사이에 무언가가 피어난다. 나는 그들을 느낄 수 있고, 그들이 나와 공명하는 것을 알 수 있다. 내가 어떤 일을 겪어 왔고, 어떤 감정을 느낀 적이 있다면 그들도 그와 비슷한 경험, 아니 아마도 더한 경험을 했을 거라는 걸 확실히 이해하기 때문이다."

- 오프라 윈프리

'공감empathy'은 공명(共鳴)하는 것이다. 함께 울리는 것이다. 같은 톤의 소리를 내는 것이다. 하루키의 글처럼 상처는 상처로, 아픔은 아픔으로, 나약함은 나약함으로 말이다. 이는 상처를 얘기하는 데 치유를 성급하게 꺼내들거나, 아픔을 얘기하는 데 인내를 떠올리거나, 나약한 한 인간으로 만나고자 하는데 자신은 더 나은 인간이라고 여기는 교만에 빠져서는 안 된다는 게 아닐까. 이것이 진정 같은 높이, 같은 위치에서 소리 내는 게 아니겠는가. 그렇다면 자연스레 서로 손을 맞잡게 될 테니 말이다.

비슷한 표현 같지만, '연민sympathy'이라는 감정은 확연히 다르다. 연민은 서 있는 높이가 다르다. 한 사람은 위에서 아래를 내려다보고 있다. 상대방이 안되었다고 생각한다. 그래서 연민은 '선긋기'라고 말하는 사람도 있다. 나와 네가 다르다는 걸 확인하는 과정인 셈이다. 그러니 말을 하면 할수록 서로 거리감만 생긴다. 서로 손잡을 수 없다. 서로 연결될 수 없다.

'기술의 발명이 인간의 실패에 대한 두려움까지 없애지는 못했다. 그래서 모두의 경험, 모두의 시행착오가 삶을 이해하는 데 핵심이다'라는 영국의 지성 시어도어 젤딘의 말처럼 우리는 그 어떤 기술과 문명이 발전한 시대를 살더라도 '약한 인간'일 뿐이다. 늘 좌절하고, 실패하고, 그래서 아파하고, 고통스러워하며, 상처받고, 두려워할 것이다.

공감은 이렇게 약한 인간이 서로 의지하여 '약함'을 '단단함'으로 만들어내게 한 원동력이 된다. 인간이 약하지 않았다면 결코 서로를 바라보고, 서로의 이야기를 들으며, 서로를 느끼지 못했을지도 모른다.

우리는 아픔과 아픔으로, 나약함과 나약함으로 깊이 연결된 존재다.

• 카레 산토스, 프란세스크 미랄레스, 《일요일의 카페》, 문학동네, 2014, 53쪽

"
벽 너머
새로운
세상이 있다

"정신적 자아의 한계는
더도 덜도 말고,
딱 사랑의 한계다.
그러니까 사랑은
확장된다는 이야기다.
사랑은 끊임없이
뭔가를 덧붙여가고,
가장 궁극적인 사랑은
모든 경계를 지워버린다."

리베카 솔닛

로맹가리의 단편 《벽》은 혹한의 추위가 몰아치던 12월 31일에 있었던 외로운 한 남자의 이야기를 적고 있다. 그 남자가 사는 초라한 방과 얇은 벽 하나를 사이에 둔 옆방엔 한 여자가 살고 있었다. 그의 눈엔 그녀는 천사 같은 아름다움을 지니고 있었다. 이 외로운 사내는 그녀를 남몰래 좋아하게 되었다. 그런데 바로 12월 31일 밤 그 남자가 외로움과 좌절로 힘들어할 때, 그녀의 방에서는 알 수 없는 삐걱임, 신음, 특이한 소리가 들려왔다. 그 소리는 거의 한 시간이나 이어졌다. 그는 무슨 소리일까 궁금해 하다가 그것이 쾌락의 헐떡임이라고 생각했다. 그 소리는 안 그래도 외로움과 낙담에 지친 그의 마음에 일격을 가한 셈이다. 그는 더 이상 삶을 견디지 못하고 죽음을 선택했다.

　다음날 의사가 그의 사망을 확인하러 방에 왔다가 우연히 그의 유서를 읽게 되었다. 그 순간 주인 여자가 급히 뛰어올라와 옆방 문을 따고 들어갔다가 외마디 비명을 지르고 나오는 게 아닌가.

무슨 일인가 싶어 그 방엘 들어가 보니, 옆방 여자는 그의 상상과는 완전히 달리 비소에 중독되어 괴롭게 죽어갔던 것이다. 옆 방 청년은 그녀의 상황을 완전히 오해했다. 그녀 또한 외로움과 삶에 대한 혐오감 때문에 죽음을 선택한 거였다.

이 이야기는 우리 삶을 풍자한다. 자신의 벽 안에 갇혀 살며, 사랑하는 사람조차 오해하며, 외롭게 살아가는 우리 모습. 둘 중 한 사람이라도 그 문을 두드려봤더라면 하는 아쉬운 마음을 거둘 수 없는 이야기다. 만약 그가 용기를 내어 옆방 문을 두드렸다면, 그래서 서로 마음의 문을 열고 차 한 잔을 마시며 얘기를 시작했더라면, 둘은 한 해의 마지막 날에 외로움에 사무쳐 죽음을 생각하지는 않았을 것이다. 우리의 외로움이 이런 모습은 아닐지 마주 보게 하는 이야기다.

1979년부터 2009년 사이 미국 대학생을 상대로 진행된 연구에 따르면, 공감 능력이 현저하게 낮아졌다고 한다. 2000년 이후는 특히 급격히 감소한다. 이와 더불어, 미국 대학생들의 자기도취는 심해진다는 연구 결과가 있다. 이 두 연구는 연관성이 크다. 자기도취가 심한 사람은 공감 능력이 낮다고 볼 수 있기 때문이다. 자기에게 너무 빠져 있는 사람은 다른 사람들을 돌아볼 여력이 없다.

두 연구로 미루어 세대가 갈수록 공감 능력이 낮아지는 건 확실해 보인다. 세상은 겉으론 더 발전하고, 그 넓은 세계는 하나가 되어가며 소통과 공감의 기회가 늘어나는 것처럼 보이나, 자세히 들여다보면 정치적, 민족적 폭력과 종교적 불관용, 깊어지는 환경문제 등 배타성과 갈등이 우리를 위협한다. 이런 문제를 해결하려면 서로를 더 이해할 수 있도록 공감 능력이 커져야 하는데, 그렇지 않으니 문제 해결은 점점 요원해지는 느낌이다.

뉴욕 최고의 디자인 회사의 제품 디자이너로 일한 패트리샤 무어는 상당히 도전적인 실험을 했다. 나이 든 사람을 이해하기 위해 85세의 노파로 살아본 것이다. 나이라는 '벽'을 넘어 보고자 하는 시도다. 많은 도전이 필요했다. 분장을 해서 주름을 만들고, 안경으로 시야를 흐리게 하고, 귀에는 솜을 넣어 잘 안 들리게 하고, 허리에 붕대를 감아 몸을 구부리고, 관절엔 부목을 대서 움직이기힘들게 만들었다. 치밀하게 준비했다. 그리고 3년여 북미 100여곳의 도시를 다녔다. 하루 이틀이 아닌 긴 시간 노인으로 산 것이다. 그러다 보니 노인들이 일상에서 어떤 대접을 받는지, 생활에서 어떤 불편을 겪는지를 샅샅이 알게 되었다. 이러한 체험을 통해 그녀는 노인이 사용하기 편리한, 세대 구분 없이 안전한 제품을 디자인했다. 진정한 관심과 노력으로 기존 디자이너들이 가진 벽을 뛰어넘었다. 새로운 영역을 개척한 것이다. 여기서 멈추지 않고 그녀는 노인 전문가로, 연로한 시민들의 권리를 위해 싸우는 시민운동가로까지 활동한다.

상대방과 공감하기 위한 패트리샤 무어의 지난한 노력 뒤에는 '진정한 사랑'이 있었다. 상대를 단순하게 이해하려고만 하지 않고, 실제 그렇게 살아본 것이다. 그것은 노인의 삶이 더 이상 불편하지 않았으면 좋겠다는 '애정'과 '희망'이 있었기에 가능하지 않았을까.

'나'라는 세계에 너무 집착하거나 갇혀버리면, 《벽》이라는 소설처럼 방 안에 스스로를 감금하는 꼴이 된다. 그 벽 너머가 아름다운 세상이라는 걸 믿고, 그 밖에 있는 사람들을 믿고 사랑하는 마음이 있을 때만이 벽은 부술 수 있다. 우리는 사랑만으로, 사랑을 토대로 한 진정한 공감만으로도 '나'라는 울타리를 벗어날 수 있다.

"

SNS의 시대, 실제 대화는 필요할까

"대화의 특별함은
사라지지 않는다."

김탁환

"엄마, 노래를 잘하는 가수는 꼭 라이브로 들어야 해요. 음반
으로 듣는 거랑 완전히 달라요. 말로 표현할 수 없는 느낌이
있어요."

라이브 공연장에 다녀온 아들의 목소리는 들떠 있었다. 나도 이
마음을 잘 안다. 살아있다는 게 이런 게 아닐까. 인간이 전하는 노
래의 아름다움은 우리의 몸과 마음 전체를 흔드는 에너지가 있는
것 같다.

인터넷이 대중화되기 시작하던 90년대 말, 천리안 동호회에 가
입했었다. 인터넷 공간에서 소통을 한다는 게 신기했다. 〈접속〉이
란 영화가 이 무렵 인기를 휩쓸었다. 모니터 너머 보이지 않는 세
계에 있는 남자와 여자가 서로 사랑의 아픔을 달래면서 소통을 하
다가 현실로 나와 만나게 되는 이야기였다. 지금 본다면 진부한
스토리일지도 모른다. 그러나 당시는 상대가 눈에 보이거나 들리

지 않는데 소통할 수 있다는 게 놀라울 뿐이었다. 당시 인터넷은 오직 검은 화면에 하얀 글씨만 보이는 형식이라 소통을 하기엔 답답했다. 결국 '번개'라는 오프라인 만남을 만들어 실제로 보곤 했다. 그땐 이렇게 생각했다. '실제 만남과 소통을 넘어서는 것은 어디에도 없어'라고.

세월이 흐르고, 기술은 발전했고, 이제는 웬만한 소통을 휴대전화로 다 하는 시대가 되었다. SNS로 하는 소통은 참으로 신기하다. 이모티콘으로 감정을 표현하면서 점차 소통의 재미가 커졌다. 게다가 잘 나온 사진만 골라서 올려도 된다. 자랑하고 싶은 것만 올리며, 힘들고 찌질하고 고통스러운 것은 감출 수 있어 편리하다. 받고 싶지 않은 전화를 받지 않는 것처럼 복잡하고 번거로운 일은 피하면 그만이다. 그러다 보니 실제 소통은 힘들게만 느껴진다. 아니, 점점 힘든 실제 소통을 피하게 되어버렸다.

"가상 관계들은 깊이 있는 상호작용이 가져오는 복잡하고 번거로우며 무엇보다 시간 낭비하게 하는 결과를 막아내기 위해 '삭제' 키와 '스팸메일 삭제' 키를 갖추고 있긴 하다."*

이렇게 힘든 실제의 소통을 삭제하고, 편리하고 안전한 가상의 소통을 하며 사는 지금의 삶은 어떠할까. 미시간 대학 연구팀에서 'SNS를 사용하는 학생들의 행복감과 삶에 대한 만족도'를 알아보는 의미 있는 조사를 실시했다. **

겉으로는 SNS가 사회와 연결되고자 하는 인간의 근본적인 욕구를 충족시키는 대단히 값진 자원을 제공하는 듯 보인다. 하지만 소셜 네트워크를 통한 상호작용은 직접적인 대화의 상호작용으로 나타나는 행복감과는 다른 작용을 한다는 것이 밝혀졌다. 소셜 네트워크가 이를 사용하는 학생들의 '행복감'을 도리어 감소시킬 수 있음을 보여준 것이다. 소셜 네트워크를 통한 의사소통은 '관계의 유대감'이 가장 약하다는 것도 밝혀지고 있다. 소셜 네트워크를 사용하는 사람은 감정적 단절도 쉽게 느끼며, 사회적 결속의 약화로 도리어 더 큰 외로움을 느끼다가 비참함과 불행함에 빠지기 쉽다는 말이다.

또 하나 중요한 점은 인간관계에서 가장 중요한 사람 간의 '신뢰'를 약화시킨다는 것이다. 신뢰는 인간이 커다란 사회를 이루고 사는 데 가장 중요한 요소다. 이것이 허물어진다면, 인간은 자꾸

쪼개져 불완전한 개체로 남을 수도 있다.

소셜 네트워크에서의 소통은 얕은 소통이고, 관계는 얇고 넓은 관계이다. 이런 관계는 예쁜 옷을 차려입고, 화장 곱게 하고, 내 기분이 좋을 때만 만나는 관계다. 이 정도의 인간관계는 순식간에 넓어질 수 있다. 이런 관계는 내가 좋을 때는 편하고 좋다. 하지만 정작 가장 사람이 필요한 순간인 아프고 힘들 때는 부를 사람이 하나 없는 격이다. 관계는 많으나 그 속에서 만날 사람이 없다는 게 나를 더 힘들게 만든다. 과거 나와 늘 함께 해주었던 사람과 헤어진 상황이라면 이런 관계는 더 허무할 뿐이다.

우리가 가장 바라는, 만족스러운 인간관계는 바로 '사랑하는 관계'다. 사랑하는 관계란 인간관계 가운데서 가장 깊은 관계에 해당한다. 서로에 대해 거의 다 알고 싶어 하고 그래서 자신에 대한 모든 걸 연다. 우리는 눈으로 그 사람의 진짜 모습을 보고, 귀로 그의 숨김없는 육성을 듣고, 손으로 그 사람을 제대로 확인하며, 코로 그의 체취까지도 놓치지 않는다. 이렇게 한 사람을 오감으로 확실하게 믿고 사랑하게 된다. 이 같이 서로 단단하고 깊은 관계를 맺을 때, 흔들리지 않는 안정감을 갖는다. 비로소 만족감, 행복감에 도달하게 된다. 이에 반해 소셜 네트워크에서는 얕은 관계, 부서지기 쉬운 관계를 붙잡고는 늘 불안하다. 곧 부서지는 벼랑 끝에 매달려 있는 것처럼 말이다. 소셜 네트워크가 우리를 행복하게 할 수 없는 이유다.

라이브 공연장에서 들은 실제 가수의 표정과 육성은 그 순간 우리의 온몸과 마음에 아로새겨진다. 노래의 울림과 내 몸을 전율케 한 느낌이 생생하게 살아있다. 아무리 좋은 음반과 좋은 스피커로도 그 느낌은 살릴 수 없다. 실제 사람을 만나 깊이 감정을 나눈 대화의 특별함 또한 잊히지 않는다. 내 고민과 아픔을 열심히 들어주던 그 눈빛과 마음, 내 고통을 조금이라도 감싸주려 한 따스한 가슴과 손길, 그 순간 느낀 '이 정도면 잘 살아왔다는 충족감'으로, 우리는 다시 고통을 딛고 일어서게 된다.

실제 대화는 오감을 통해 상대에게 마음을 전하는 일이다. 직접 나누지 않았다면 전혀 느낄 수 없다. 그러니 실제 대화의 특별함은 앞으로도 사라지지 않을 것이다.

• 지그문트 바우만, 《고독을 잃어버린 시간》, 동녘, 2012, 41쪽.
•• 제프 콜빈, 《인간은 과소평가 되었다》, 한스미디어, 2016, 103쪽.

"

행복을
완성하는
소통

"당신은 내게
  삶의 풍부함을
  알게 해주었고,
  나는 당신을 통해
  삶을 사랑했습니다."

앙드레 고르

표지 사진 한 장만 보고 사버린 책이 있다. 《D에게 보낸 편지》.

한 쌍의 젊은 남녀가 사랑스런 표정으로 춤을 추고 있는 흑백사진이 맘속 고이 간직한 사랑의 추억처럼 다가오는 책이다.

이 책의 진짜는 맨 마지막 페이지에 있다. 그 젊은 남녀가 아주 긴 세월을 보내고 늙어서 꼭 껴안고 있는, 그래서 그냥 가슴이 저릿해지는 사진이다. 늙는다는 것이, 오래된 관계라는 것이 이렇게 아름답고 따스하게 느껴진 건 처음이었다. 오스트리아 사상가 앙드레 고르와 부인 도린, 두 사람의 '깊은 관계'를 고스란히 들여다볼 수 있는 책. 우리가 말로만 알고 있는 소울 메이트soul mate, 영혼까지도 서로 공명하는 두 사람에 관한 이야기다.

"당신은 곧 여든둘이 됩니다. 그래도 당신은 여전히 탐스럽고
우아하고 아름답습니다. … 함께 살아온 지 쉰여덟 해가 되었
지만, 그 어느 때보다도 더, 나는 당신을 사랑합니다.

내 가슴 깊은 곳에 다시금 애타는 빈자리가 생겼습니다. 오직 내 몸을 꼭 안아주는 당신 몸의 온기만이 채울 수 있는 자리입니다."•

82세가 된 아내에게 58년을 함께 살아온 남자가 이렇게 고백하는 것은, 그 긴 세월을 두 사람이 어떻게 보내왔는지를 보여준다. 사랑이라는 감정이 시들지 않고 더 농익도록 서로 얼마나 많은 노력을 기울였을까. '깊은 관계'란 상대의 존재 이유를 있는 그대로 받아주는 것에서 시작된다.

아내 도린은 앙드레 고르에 대해 이렇게 생각하고 있었다. '나는 글을 쓰지 않고는 살 수 없는 사람과 살고 있다. 작가를 사랑한다는 것은 그가 글을 쓴다는 사실을 사랑하는 것이다.' 그랬기에 그가 논문이나 글을 쓰면서 사흘씩 말을 안 하는 상황에서 느꼈을 외로움도 참아야 했으며, 그가 세상에서 인정받기까지 생계도, 격려도 그녀의 몫이었다.

시대의 사상가인 앙드레 고르는 사랑을 사치스런 감정 정도로 여겼다. 그러나 도린이 주는 깊은 사랑을 경험하면서 차차 사랑에 대한 생각이 바뀌고 있었다.

　"사랑의 열정이란 타인과 공감에 이르게 되는 한 방식입니다.
　영혼과 육체를 통해 이 공감에 이르는 길은 육체와 함께 하기
　도 하고, 영혼만으로도 가능한 것입니다." ••

　그렇다. 사랑은 우리에게 무엇보다 공감을 배우게 한다. 사랑
을 하면 우리는 타인의 감정도, 타인의 생각도 알고 싶어 한다. 사
랑하는 그 순간 사랑하는 사람과 하나가 되고 싶기 때문이다. 육
체를 넘어, 정신을 넘어, 영혼까지 하나가 되고 싶어 하지 않던가.
그래서 '깊은 사랑'은 우리를 영혼에 이르는 '깊은 소통'으로, 결국
은 '깊은 관계'로 이끈다.

　앙드레 고르가 자신의 입지를 굳혀갈 무렵 아내 도린은 불치병
에 걸렸다. 그는 이제 비로소 그녀를 위해 자신을 내려놓아야 할
때라고 여긴다. 그래서 은퇴를 하고 둘은 조용히 시골로 내려갔
다. 그는 그녀와 모든 걸 공유하고 싶었지만, 그녀의 고통은 온전
히 그녀만의 몫이었다. 그녀는 대단한 의지로 죽음에 맞서기 위해
결연히 삶을 마주하고 있었다. 이런 그녀를 바라보면서, 그는 오

롯이 현재 그녀와 함께하는 삶에 집중해 사는 길밖에 없다고 여겼다. 두 사람은 다른 사람들과는 달리 삶의 깊은 계곡을 건너고 있었다. 깊은 관계는 이들처럼 함께 모든 것을 겪어냈을 때 이루어진다. 둘은 한 날 한 시에 태어나진 않았지만, 같은 날 같은 시각에 죽기로 했다.

> "우리는 둘 다, 한 사람이 죽고 나서 혼자 남아 살아가는 일이 없길 바랍니다. 혹시라도 다음 생이 있다면, 그때도 둘이 함께 합시다."

이것이 그의 마지막 바람이었다. 삶을 사랑하게 한 사람과의 마지막 동행, 영혼까지도 결합된 깊은 관계에서만 가능한 선택이었다. 자신을 통째로 이해하고 받아주는 사람, 영혼까지도 사랑하는 '깊은 관계'를 평생 한 번이라도 갖는다면 행복한 삶이 아닐까.

이는 의학적으로도 밝혀진 사실이다. 최근 스트레스 면역학 전문의인 변광호가 쓴 《E형 인간, 성격의 재발견》이라는 책을 보면, 80년이란 긴 시간 동안 진행된 하버드 대학의 '행복 연구'가 나오는데, 그 내용이 참으로 흥미롭다. 그 연구는 1938년부터 75년 동안 다양한 계층의 소년 724명을 뽑아 2년마다 인터뷰를 하며 평생의 삶을 따라갔다. 삶과 신체의 변화를 동시에 추적했다. 그 연구결과가 2015년에 발표되었다. 과연 무엇이 행복을 결정할까. 바로 인간관계였다. 첫째, 가족, 친구, 공동체와의 '연결'이 긴밀할수록 행복도가 높았고, 둘째, 얼마나 많은 사람과 관계를 맺느냐보다는 '친밀함', '신뢰도'가 높은 관계를 맺는 사람이 더 행복했다. 삶에서 우리를 건강하고 행복하게 해주는 것은 바로 '관계'이고, 그것도 '친밀하고도 신뢰하는 관계'라는 말이다.

이렇게 중요한 인간관계를 깊게, 제대로 맺기 위해서 우리에게 필요한 것은 무엇일까. 바로 '소통'이다. 소통은 '관계'와 '연결'이 목적인 행위이다. 미국 UCLA 대학 연구에서 건강하게 장수하는 사람들의 공통분모를 찾아보니, '대화를 잘한다'는 사실이었다. 그 가운데서도 특히 가족과의 대화가 중요하다고 밝혀졌는데, 이 말은 '깊은 소통'을 할 수 있는 '깊은 관계'가 건강, 장수에도 중요하다는 말이다. 소통과 관계, 이 둘이 우리의 행복, 건강과 밀접한 셈이다.

이 순간 몇몇 장면이 뇌리를 스친다. 아들과 남편, 친구들이 내 고민을 들어줬던 순간. 그 시간은 내게 삶에 감사하게 하는 순간이었다. 이들이 없었다면 어찌 삶을 견뎠을까. 나를 위로하고자 그들이 건넨 말 한마디와 한 장의 편지, 술 한 잔에 얼마나 많은 눈물을 흘렸던가. 보잘 것 없는 내 삶의 행복과 가치를 느끼게 해준 사람들. 그들을 통해 다시 내 삶을 사랑하게 되었고, 자리를 털고 일어나 거뜬히 살아낼 수 있었다. '속 깊은 소통'이 나를 늘 감동으로 이끌었고, '속 깊은 관계'가 내 삶을 지켜준다. 우리는 이렇게 연결되어 살아간다.

• 앙드레 고르, 《D에게 보낸 편지》, 학고재, 2007, 6쪽.
•• 앙드레 고르, 《D에게 보낸 편지》, 학고재, 2007, 34쪽.

"

오늘이 삶에서
마지막인 것처럼
대화하라

"말을 소생시켜야 합니다.
 말을 따뜻한 것,
 살아있는 것으로
 다루어야 합니다."

무라카미 하루키

오늘도 점심시간을 통째로 비웠다. 단 한 사람을 위해서. 볕이 참 좋다. 왠지 따스해진다. 내가 있는 곳으로 먼 걸음을 해준 마음이 고맙다. 그래서 조금 일찍 서두른다.

　그녀는 내게 작은 꽃다발을 슬며시 내민다. 시간을 내줘서 고맙다고. 그녀는 수줍음으로 고개를 살짝 숙인다. 이런 마음이 감사하다. 그녀의 손을 맞잡는다. 둘은 차분히 밥을 먹는다. 상대가 따뜻한 밥을 먹는 모습이 보기 좋다. 난 사람들이 맛나게 음식을 먹는 걸 보면 그렇게 행복할 수가 없다.

　그녀의 얼굴이 아직은 좋지 않다. 힘든 걸 다 이겨내지는 못한 것 같다. 식사를 끝내고 커피를 마시러 조용한 곳으로 자리를 옮겼다. 바람은 불지만 볕이 안으로 들어와 따스하다. 차 한 잔을 놓고 마주 앉았다.

"여기, 참 좋지요?"

"그러네요. 참 편안하네요."

"그냥 좀 즐깁시다."

"네…."

  둘은 따뜻한 커피를 홀짝거렸다. 말이 없어도 어색하지 않았다. 그곳엔 창가의 풍경과 햇볕, 향기로운 커피와 살짝 부는 바람이 가득했기 때문이다. 자연스럽게 커피 한 모금, 풍경으로 시선 한 번 주고, 그녀의 고민을 찬찬히 듣는다. 그녀는 차분하게 자기 이야기를 이어간다. 어느덧 햇볕은 서서히 가게 밖으로 물러나고 해는 중천을 넘어 기울고 있다.

  그녀의 고민을 들으니 내 젊은 시절이 떠올랐다. 열정은 넘쳤지만 좌충우돌했던 시기. 나는 그때의 내 얘기를, 내 고민을 이야기했다. 그녀의 눈에선 눈물이 배어나오기 시작한다.

"오늘은 진짜 안 울려고 했는데… 이젠 시간도 많이 지났는데… 결국 울게 되네요."

"울어도 돼요. 아직 단단해지진 않아서 그럴 거예요."

233

"그랬나 봐요. 많이 좋아졌다고 생각했는데 말이에요."

"아직 몸이 많이 아픈 건 마음이 괜찮지 않다는 증거죠.

더 기다려봅시다. 좋아질 거예요."

그녀는 눈물을 거두고 자신의 미래에 대해 이야기를 이어갔다. 해는 뉘엿뉘엿 저물어가고, 그녀와 나는 지하철을 타러 발길을 옮겼다. 나는 오후 시간을 그녀를 위해 다 썼다. 긴 대화와 커피 한 잔, 그리고 창밖에 계절이 흘러갔다.

사람들은 내게 묻는다. 왜 사람들과 대화를 하면서 그렇게 많은 시간을 쓰냐고. 방송을 하는 것으로도 모자라느냐고. 그건 아니다. 난 타인의 이야기를 듣는 게 좋다. 그 이야기를 듣고 떠오르는 내 이야기를 나누는 게 좋다. 그냥 겉도는 이야기가 아니라 내밀한 속내를 꺼내어 같이 나누는 것이 좋다. 누구나 약하고 부드러운 속살을 갖고 있기 마련이니까.

그래서 세상살이가 더 힘들다는 걸 안다. 혼자 외로이 견디기란 정말 힘들다는 걸. 말이라는 건, 대화라는 건 힘든 누군가를 잡아주는 손이어야 한다. 기운 내라고, 일어날 거라고 믿어주는 따뜻한 손이어야 한다.

　언젠가 또 만나 진지한 대화를 나눠야지 하고 각오를 다질 필요
는 없다. 인생이란 같은 순간이 두 번 오진 않으니까. 오늘이 그와
내가 말을 나눌 마지막 순간이 될 수도 있으니 이 순간을 놓치지
마라. 다시 안 올 이 대화의 순간을 붙잡아라. 오늘이 삶에서 마지
막 날인 것처럼 대화하라.

　힘겨운 나날들, 무엇 때문에 너는
　쓸데없는 불안으로 두려워하는가.
　(중략)
　미소 짓고, 어깨동무하며
　우리 함께 일치점을 찾아보자.
　비록 우리가 두 개의 투명한 물방울처럼
　서로 다를지라도. *

* 비스와바 쉼보르스카, 〈두 번은 없다〉, 《끝과 시작》, 문학과지성사, 2007, 34쪽.

공감 능력

우리는 공감하게 태어났다

지금까지 '공감'이 어떤 것이고, 어떤 과정을 통해 느껴지는지를 묘사하다 보니 자칫 공감을 특별한 사람만이 가진 것으로 받아들였을지도 모르겠다. 그렇지 않다. 우리 모두는 공감하게 태어났고, 자질도 충분하다.

그 증거가 나오기 시작한 것은 2000년대 '거울 뉴런(거울 신경세포)'이 발견[1]되면서부터다. 거울 신경세포는 타인의 행동을 보거나 들을 때 거울처럼 반영하는 신경세포다. 내가 마치 그 행동을 하는 것처럼 느끼게 된다는 말이다. 그럼으로써 상대를 이해할 수 있다는 말이다. 결국 타인의 의도를 이해하는 데까지 도달하게 된다.

제일 먼저 떠오르는 장면은 집에서 축구 경기를 응원할 때다. 스트라이커가 슛을 쏠 때마다 '슛 골~인'이라고 외치며 공을 차듯 발이 저절로 나가는 반응이 바로 거울 뉴런의 작동을 보여주는 것이다. 축구 경기를 보고만 있는 데도 뇌는 이미 우리를 경기장으로 밀어넣고 시뮬레이션하고 있는 셈이다.

이뿐인가. 엄마가 아픈 아이를 돌볼 때 느끼는 고통도 거울 뉴런 때문이다. 이것은 우리의 마음이 몸과 묶여 있다는 점을 증명한다. 몸을 통해 마음을 이해할 수 있다는 말이다. 네가 아프면, 나도 아프다는 말이다. 거울 뉴런은 상대의 상황을 내 것으로 만드는 시뮬레이션 세포다. 거울 뉴런은 우리 인간이 듣고 보는 것만으로도 '공감'을 하게 하는 '자동 공감장치'다. 우리는 그만큼 공감하기 쉽게 태어났다는 말이기도 하다.

1
1996년 이탈리아 파르마 대학 자코모 리촐라티 신경 생리학 연구팀이 발견했다. 마르코 야보코니, 《미러링 피플》, 갈리온, 2009.

2
일본의 고바야시 히로미와 고시마 시로는 인간이 영장류 가운데 흰 공막과 투명한 결막을 가진 유일한 종이라는 사실을 밝혀냈다.
장대익, 《울트라 소셜》, 휴머니스트, 2017. 32쪽.

그다음으론 인간 눈이 가진 고유의 특성, '흰 공막'을 가졌다는 사실이다.[2] 일본의 두 연구자는 영장류 대부분의 공막이 갈색이나, 진한 갈색이고 눈동자 색깔은 피부색과 유사해 눈동자를 선명하게 알아보기 힘들다고 말한다. 이에 반해, 인간은 눈도 몸집에 비해 큰 편인데다 공막도 다른 영장류에 비해 넓게 차지하고, 흰색이어서 눈동자의 위치가 확연히 드러난다. 인간이 가진 흰 공막은 자연에선 참으로 불리한 조건임에 틀림없다. 다른 동물과 달리 인간의 시선은 바로 포착될 수 있기 때문이다. 인간의 움직임은 바로 예측되며 곧 따라잡힐 것이다. 그럼에도 생존에 불리한 '흰 공막'으로 진화한 이유는 무엇일까?

우리는 사람과 만나자마자 제일 먼저 눈을 본다. 눈동자를 보게 된다. 정확하게 말하자면 시선을 감지한다. 당신을 사랑한다고 말하면서 다른 곳을 보거나 먼 곳을 응시하고 있다면 과연 이 말을 믿을 수 있겠나. '눈은 마음의 창', 단순히 문학적인 표현이 아니다. 눈은 의도와 감정을 드러내는 창(窓)의 역할을 한다.

흰 공막은 눈이 더 잘 보이게 돕는다. 마음이 보이게 만든다. 인간의 눈은 서로를 믿을 수 있는지를 확인하게 해서 협력으로 이끈다. 인간의 눈은 '사회적 눈'이다. 다른 동물과 달리 거대 규모의 집단이 협력해야 하는 인간에겐 타인의 마음을 헤아리는 능력, 공감 능력이 중요하다. 공감 능력은 우리 눈에도 장착되어 있다.

이번에는 본격적인 '타인의 마음을 헤아리는 능력'이다. 인류의 진화 과정에서 복잡한 사회 환경에 적응기제로서 'ToM'이 인간

3
2000년 '발달 신경과
학 관점에서 타인의
이해' 연구에 기초한
내용이다. 장대익, 《울
트라 소셜》, 휴머니스
트, 2017. 60쪽.

4
김학진, 《이타주의자
의 은밀한 뇌구조》, 갈
매나무, 2017, 193쪽.

에게 장착되었다고 한다.[3] '샐리-앤 테스트'라 불리는 '틀린 믿음 테스트'[4]를 통과한다는 것은 ToM이 있다는 말이다. 내 입장이 아니라 타인의 입장에서 타인이 무슨 생각을 하는지를 미루어 짐작하는 능력이 있다는 뜻이다. 그러다 보니 상대의 입장을 추측해 속일 수 있다. 공감 능력인 '관점 이동 능력' 유무를 확인하는 방법이다. 이 테스트를 통과하는 것은 오직 인간뿐이다. 복잡하고 권모술수가 넘치는 인간 사회를 살아가게 하는 적응기제다. 그만큼 인간 사회는 복잡하다.

"인간의 사회관계는 정신세계의 중심이자, 존재의 이유가 된다. 그렇게 발달해왔기 때문에 이제 인간은 항상 다른 사람들에 대해 생각한다. 다른 사람들이 없거나 다른 이들과의 동맹과 연합이 없으면 우리는 죽는다. 초기 인류는 그랬다. 현재를 사는 우리 역시 마찬가지다."

– 마이클 가자니가(신경과학자)

<포춘>의 편집장 제프 콜빈이 쓴 《인간은 과소평가 되었다》라는 책을 보면, 배심원들이 한 사람의 생명까지도 좌지우지할 상황에서 무엇을 중요한 판단의 근거로 삼는지를 살펴보는 대목이 나온다. 어떤 상황보다 정확한 판단이 이루어져야 하는 상황이다. 판단의 기준은 당연히 전문가들이 제시하는 '엄청난 양의 데이터'와 '데이터의 정확성'이 될 것으로 추측했다. 하지만 결과는 예상 밖이었다. 배심원들은 전문가가 '실제 경험한 내용'이나 '직접 보고 듣고 느끼고 나서 내린 판단'을 더 신뢰했다. 데이터는 속일 수도 있고, 조사가 정확하지 못할 수도 있다. 그러나 인간이 경험을 통한 이야기를 할 때는 우리 몸에 장착된 여러 가지

공감 능력을 통해 직접 사실 여부를 확인할 수 있으니 더 정확하다고 볼 수도 있다.

공감은 신뢰와 이어져 있다. 신뢰는 협력과 연대를 위한 기초다. 공감은 사람들을 연결하여 공동체에서 삶을 유지하도록 우리 몸에 새겨진 장치다. 인간 생존의 필수불가결한 요소, 공동체. 지금의 우리는 무엇이 우리를 살렸는지를 잊고 있다. 공감이 퇴화되는 것과 함께.

김탁환 (소설가)

듣기의 달인 모모처럼, 자연인 '정용실'의 귀는 항상 열려 있었다. 방송에서 혹은 사석에서, 많은 이들이 내밀한 고민을 털어놓았고 흐린 감정을 나눴다. 그녀의 충고와 위로는 부족하지도 넘치지도 않았다. 타인을 배려하는 이 특별한 자세는 선천적인 재능일까 후천적인 노력일까.

'공감'을 중심에 두고 평생 익힌 삶의 지혜를 풀어놓은 셈이다. 대화와 듣기와 소통을 통해 공감의 왕국을 설명하는 여정은 간명하고 단단하다. 숱하게 구르고 빠지고 쓰러졌던 날들이 행간을 채운다. 그토록 많은 소설을 읽은 이유도, 그토록 오래 자료를 뒤진 까닭도, 당신에게 가 닿기 위함이다. 우주에서 단 하나뿐인 지구, 지구에서 단 하나뿐인 당신의 어둠과 빛을 받아들이기 위함이다.

이 책의 미덕은 다루는 부분이 힘겨울수록 경쾌하고 두려울수록 평범하다는 점이다. 상처와 상처가 만나 덧나지 않고 흉터 없이 아물기란 얼마나 어려운가. 《공감의 언어》는 걱정근심 내려놓은 채 이렇게 연습하고 저렇게 시도해보라 친절하게 알려준다. 그 가르침이 쉽고도 깊다. 커튼을 걷으면 아침 햇살이 빛나고, 동굴로 들어서면 잊힌 속삭임이 들릴 것처럼! 함께 살기 위한 언어와 몸짓 그리고 침묵의 순간이 여기에 담겼다.

조승연 (작가)

인간과 인간이 마주 보고 있을 때 상대편의 표정에서 느껴지는 기분은 바로 내 기분이 된다. 상대편이 얼굴을 찌푸리고 있으면 나 역시 기분이 나쁘고, 상대편이 활짝 웃고 있으면 나도 기분이 좋아진다. 아무도 상대편의 얼굴을 읽는 문법을 설명해준 적도, 배운 적도 없다. 우리는 태어날 때부터 공감하는 기계로 설계되어 만들어졌다. 게다가 우리에게는 언어라는 도구가 있다. 우리는 언어를 통해서 상대편의 기분을 장악할 수 있다. 욕을 해서 기분 나쁘게 할 수도 있고, 유머로 그를 웃게 할 수도 있으며, 슬픈 이야기로 그를 울릴 수도 있다. 소통은 일종의 마법이다. 그런데 완벽하지 않은 마법이다. 언어는 적중할 때도 강력하지만 빗나갈 때도 강력하게 빗나가 걷잡을 수 없는 오해의 시발점이 된다. 상대편의 표정과 제스처에서 그가 의도하지 않은 감정을 읽어내어 관계가 망가지기도 한다. 100명 남짓한 부락에서 모여 살도록 디자인된 우리의 소통 메커니즘은 수많은 익명의 사람을 대해야 하는 현대 문명 속에서는 상당히 자주 오작동한다.

2012년 책 프로그램 패널로 출연하면서 정용실 아나운서를 만났다. 당시 패널은 셋. 동양철학에 심취해 있는 연세 지긋한 예술평론가와 내성적인 성격의 소설가, 그리고 갓 서른을 넘긴 자아도취에 가득 찬 오만한 젊은 작가 나. 도저히 맞을 수 없는 케

미였다. 그런데도 패널들은 자기의 의견을 가감 없이 털어놨고, 나이와 문화 장벽을 넘어 열심히 토론하고, 프로그램이 끝난 후에도 교류하며 지냈다. 나는 그것이 MC를 맡은 정용실 아나운서의 소통 능력 덕분이었다고 생각한다.

지금까지 '공감과 소통'에 관련된 책은 대부분 말하는 사람 위주였다. 소통의 기술, 즉 말하기 기술은 특히 프레젠테이션이나 스피치 능력이었다. 하지만 당시 정용실 아나운서가 보여준 소통의 능력은 퍼포먼스 능력이 아닌 감독의 능력이었다. 댄서가 아닌 안무가처럼 다른 사람들의 소통을 조율하고 조화를 만들었다. 이 책에서 저자는 소통은 말하는 사람의 능력도, 듣는 사람의 능력도 아니라고 말한다. 소통은 '댄스'라고 말한다. 두 사람이 서로의 몸에 손을 얹고 상대편의 움직임을 감지해야 하는 댄스처럼 상대편의 주파수에 스스로를 '튜닝'하는 능력이라는 것이다.

이 책은 '경청하라'라는 말의 표면적인 제시를 넘어선다. 무엇이 상대편의 말을 끊게 하고, 남의 말을 자기 맘대로 해석하게 하는지 성찰하고 스스로의 편견을 알아야 한다며, 소통은 인격과 자기 수양의 문제라는 것을 보여준다. 또한 저자는 아나운서 커리어를 통해서 만났던 대가들이 어떻게 자기의 인생과 철학을 소통과 표현의 방식에서 녹여내는지 자신만의 고찰을 통해 전해준다. 작가, 예술인 등 표현 자체가 삶인 사람들은 소통에 대해 무슨 생각을 하는지 소통을 직업으로 살아가는 저자의 눈으로 읽어보는 것은 참신한 경험이었다.

외국 대학에서 청년기를 보내온 나에게 가장 익숙한 소통의 방식은 토론이다. 그런데 이 책은 결투가 아닌 춤 같은 소통, 상처와 아픔, 눈물을 두려워하지 않는 소통의 방식을 제안한다. 프레젠테이션과 토론에서 이기는 설득의 기술이 아닌 더 진하고 울림 있는 관계의 비밀을 이야기한다. 언어가 점점 차가운 설득의 도구, 대화가 점점 주도권을 선점하기 위한 전쟁으로 변모하고 있는 현대사회에 꼭 필요한 책이다.

공감의 언어

© 정용실 2018

초판 1쇄 발행 2018년 4월 26일
초판 4쇄 발행 2021년 10월 18일

지은이 | 정용실
펴낸이 | 이상훈
편집인 | 김수영
본부장 | 정진항
편집1팀 | 이윤주 김진주
마케팅 | 김한성 조재성 박신영 조은별 김효진
경영지원 | 정혜진 이송이

펴낸 곳 | (주)한겨레엔 www.hanibook.co.kr
등록 | 2006년 1월 4일 제313-2006-00003호
주소 | 서울시 마포구 창전로 70 (신수동) 화수목빌딩 5층
전화 | 02) 6383-1602~3 **팩스** | 02) 6383-1610
대표메일 | book@hanien.co.kr

ISBN 979-11-6040-152-3 03810